청소년
글쓰기

청소년 글쓰기

초판 1쇄 발행	2014년 10월 15일
초판 2쇄 발행	2015년 03월 10일
초판 3쇄 발행	2016년 03월 15일

글쓴이	김세연

펴낸이	김왕기
주 간	맹한승
편집부	원선화, 김한솔
마케팅	임성구
디자인	푸른영토 디자인실

펴낸곳	**푸른영토**	
	주소	경기도 고양시 일산동구 장항동 865 코오롱레이크폴리스1차 A동 908호.
	전화	(대표)031-925-2327, 070-7477-0386~9 · 팩스 l 031-925-2328
	등록번호	제2005-24호(2005년 4월 15일)
	전자우편	designkwk@me.com

ISBN 978-89-97348-32-9 03800
ⓒ김세연, 2014

청소년
글쓰기

김세연

푸른영토

힘 있고 올바른 문장을 쓰는 법

"글쓰기의 끝은 어디인가?"

종종 이 물음에 고민한다. 나름의 노력을 했지만 뚜렷한 무언가는 보이지 않는다. 스스로 마음에 들면 안주하기 바쁘다. 조금 더 일찍 글쓰기를 시작했다면 좋았을 텐데 하는 아쉬움만이 밀려온다.

인터넷의 발달과 스마트폰으로 사람들은 책을 멀리한다. 하지만 사람들은 글까지 멀리하지는 않는다. 인터넷을 이루고 있는 것은 무엇인가? 여전히 대부분은 글이다. 누군가가 쓴 글이다.

책이 사라질 것이라는 전망은 있어도 글이 사라질 것이라는 전망은 없다. 오히려 인터넷은 우리에게 글쓰기를 더 강요한다.

중고생의 독후감을 받아보고 받은 충격이 기억난다. 공부를 잘한다고 소문난 학생의 글들이 모두 엉망이었다. 이해해 보려고 수없이 보았지만 내가 정확히 알고 있는지 의심만 들었다. 좋은 성적의 아이들은 특목고 진학을 생각한다. 지금의 시스템이 그렇다. 그런 아이들에게 자신의 목표를 이루느냐 마느냐를 결정하는 과정에 글쓰기가 있다. 바로 자기소개서이다.

독후감의 실망은 잊은 체, 아이들의 자기소개서 글을 기대했었다. 하지만 처참히 무너졌다. 수없이 교정을 한 글임에도 불분명한 문장이 넘쳐났다.

고등학생의 논술 답안지도 별반 다르지 않다. 글쓰기를 고등학생이 되어도 전혀 하지 않는데 어떻게 변화를 기대할 수 있겠는가. 모두 무엇이 문제인지 모른 체 낯선 점수를 받는다.

내 글쓰기에 관한 고민과 조금 일찍 시작했으면 하는 후회를 물려주지 않고 싶었다. 바로 이 책을 쓰게 된 동기이다. 환경은 글쓰기를 강조하는데 학생들은 무지에 의한 용기로 글쓰기를 외면한다. 안타까웠다.

책은 쉽게 쓰려고 노력했다. 공부하듯이 글쓰기를 대하는 것이 대한민국 글쓰기 교육의 문제이다. 그 점을 잊지 않으려고 했다.

글의 기본은 문장이다. 문장이 모여서 글을 이룬다. 책의 많은 내용을 힘 있고 올바른 문장을 쓰는 것에 초점을 맞추었다. 특히 힘 있는 문장을 쓰는 법, 쉬운 문장을 쓰는 법에 대하여 설명했다.

문장이 모여서 글을 이루지만 그 안에 질서는 존재한다. 글쓴이의 주장이 있고, 그 주장을 뒷받침하는 근거가 있다. 이를 어떻게 전달할지에 대하여도 틈틈이 설명하였다. 바로 글 자체를 잘 쓰는 방법에 대하여 이야기했다. 그런 질서를 논리적인 글이라고 설명하였다.

중고생들이 실제로 쓴 글을 책에서 검토하였다. 친구들이 쓴 글은 나의 글과 다르지 않을 것이다. 아마 대한민국 교육이 만든 부작용 같다. 이 책의 강점은 바로 지금 현재 존재하는 중고생 글의 문제점을 고치려고 한 것이다.

수학선생님들은 수학문제를 눈으로 풀지 말라고 한다. 답지를 보고 이해했어도 직접 해봐야 한다고 강조하신다. 글쓰기도 마찬가지이다. 이론적으로 아무리 이해했어도 직접 그런 글을 쓸 수 있는지는 별개의 문제이다. 우리는 각자의 글쓰기 습관을 가지고 있다. 눈으로 이해했음은 그런 습관을 고치기에 충분하지 않다.

연습이 가장 중요하다. 공부가 아닌 취미로 글을 써 보았으면 한다. 공부는 학교와 학원에서 넘치게 한다. 하지만 그런 공부가 대학과 사회에 나가서 얼마나 필요하겠는가. 오히려 글 잘 쓰는 사람이 인정받는 곳이 사회이다. 이는 우리나라에 한정된 이야기가 아니다. 미국 대학을 가기 위해 보는 토플 시험에 '라이팅(writing)' 평가가 있는 것만 봐도 알 수 있지 않은가.

부디 이 책으로 청소년 시절 경험하게 되는 중요한 글쓰기 과정을 수월하게 맞이했으면 한다.

지은이 김세연

PART 4 **논리적인 글쓰기**

PART 6 자기소개서와 논술

중고생,
글쓰기에 미쳐라

중고생이 글쓰기를 해야 하는 이유

지긋지긋하던 글쓰기, 어느 날 친구가 되다

어릴 때 독후감 숙제를 제일 싫어했다. 한 글자 한 글자 원고지를 채워갈 때면 가슴이 답답해졌다. 한숨도 끊이지 않았다. 하지만 세상은 변한다. 요즘 느낀다. 진절머리 나게 싫었던 일이 지금은 나의 소중한 취미가 되었으니 말이다. 가끔은 글쓰기 재미로 〈무한도전〉을 거른다.

왜 나는 어린 시절에 글쓰기를 싫어했을까? 사실 어릴 때는 글쓰기를 이곳저곳에서 강요받았다. 일기도 써야 하고 독후감도 써야 하고 때로는 반성문도 써야 했다. 하지만 무엇 하나 쓰고 싶은 글이 아니었다. 가끔 나는 선생님을 비판하는 일기를 멋지게 쓰고 싶었다. 촌지 받는 선생님이 싫었고 차별하는 선생님이 싫었다. 그런데 일기장에 그런 일을 떠벌리는 것은 고양이한테 덤비는 쥐가 되는 일이었다. 난 그 정도로 멍청한 쥐는 아니었다. 굳이 선생님의 비위를 건드려서 매타작을 자초하고 싶진 않았다. 그저 대충 비위를 맞추면서 조용히 사는 쪽을 택했다.

그렇게 글쓰기가 재미없다는 사실을 경험으로 깨닫고 나니 고등학교 때 논술시험 역시 고역이었다. 시험지 위에 조그맣게 쓰여 있는 '1,500자 내외로 쓰시오'라는 문구가 특히 나를 어지럽혔다. 프로게이머와 내기 시합을 하는 기분이랄까.

대학에 들어갔지만, 글쓰기는 여전히 재미없고 지루하고 고통스러웠다. 그런 기억을 뒤로하고 군대에 갔다. 대한민국에서 태어나 신의 자식인지 인간의 자식인지를 확인할 수 있는 기회. 난 물론 후자였다. 군대는 답답했다. 짜증스럽고 힘들었다. 시간은 무의미하게 흘러갔고 나는 제대할 날만 기다렸다. 그러다가 군대에서 내 삶을 기록하고 싶었다. 이유는 없었다. 그냥 글을 쓰고 있는데 자유로웠다. 자유, 그 얼마나 눈 빠지게 찾던 단어였나.

난 노트 위의 왕자였다. 독재자였다. 욕하고 싶으면 욕하고, 칭찬하고 싶으면 칭찬하고, 고백하고 싶으면 고백했다. 나의 노트는 군대라는 감옥에서 자유를 누리게 해주는 유일한 장소였다. 그리고 그것이 나의 취미가 되었다. 처음에는 그냥 썼다. 내 자유를 그냥 느끼면 충분했다. 개판이었을 것이다. 누구에게 보여주지도 않았고, 왠지 모를 부끄러움도 있었다.

나는 수필처럼 생각의 조각들을 나열하기 시작했다. 그때 알았다. 세상에는 참 생각해볼 게 많다는 것을. 내가 그냥 스쳐 보내니 모를 뿐이었다. 누구는 떨어지는 사과를 보고 생각에 잠겨서 세상을 바꿔놓지 않았나. 글을 쓰고 나면 편안함이 왔다. 내 생각을 일단은 마무리한 느낌이었다. 그러면서 내가 아는 것은 무엇이고 모르는 것은 무엇인지 확인할 수 있었다. 그러면서 욕심도 생겼다. 이왕 할 건데 잘해보고 싶었다. 연습했다. 꾸준히. 조금씩, 조금씩.

연습하고 노력하니 나아지는 듯했다. 누구한테 인정받을 필요도 없었기에 부담이 없었다. 그냥 스스로 재미있게 하는 컴퓨터 게임이었다. 잘하면 주변에 으쓱할 수 있지만, 못하면 휴지통에 버리면 그만인 것. 그렇게 나의 글쓰기는 시작되었다.

어른들의 이유

내게 글쓰기는 재미있는 취미이지만 바쁘게 살아가는 사람들에게는 시간 낭비처럼 보일지도 모른다. 그리고 이 시대에 가장 바쁜 사람들이 누구인가? 바로 중고생들 아닌가. 그런 바쁜 사람들에게 글이나 써보라고 하니……, 답답해 보이기도 할 것이다. 그런데 주변을 돌아봐라. 논술학원 다니는 친구들이 많이 있다. 그들은 왜 영어와 수학 공부하기도 바쁜데 굳이 논술학원까지 다닐까?

요즘의 입시는 수능만 봐서 끝나는 게 아니다. 대학들은 저마다 좋은 학생을 뽑으려고 다양한 입시 방법을 마련해 놓고 있다. 처음 보는 사람들은 대학을 도대체 어떻게 가야 할지 알 수 없을 정도다. 그런 다양한 입학전형의 기본 축은 바로 학생부종합전형이다. 대학이 학생을 직접 보고 입학을 결정하겠다는 취지다.

그렇지만 학생을 한 명 한 명 다 볼 순 없다. 대학은 누가 뛰어난 학생인지 그렇지 않은 학생인지 모른다. 과거에는 수능과 내신 성적이 있었다. 하지만 그것만으로 좋은 학생인지를 충분히 증명할 수 없다. 결국 대학은 면접을 통해서 뽑고 싶어 한다. 서류에 나온 숫자 말고 직접 면담과 대화를 해보고 선발하고자 한다. 면담은 그냥 하는가? "자, 지금부터 당신에 관하여 얘기해 보시죠. 우리는 들어줄 준비가 되어 있습니다."라고 말하겠는가? 학생을 한두 명 뽑는 게 아니다. 시간은 언제나 충분치 않다.

누구에 관하여 질문을 하려면 정보가 필요하다. 그 사람이 누구인지, 어떻게 자랐는지, 무엇을 좋아하는지 알아야 한다. 그때 필요한 게 '자기소개서'다. 그런데 자기소개서는 답이 딱 정해진 게 아니다. 학교 성적처럼 등수가 나와 있지도 않다. 아무리 인재라고 해도 그것을 표현하지 못하면 평범한 사람이 된다. 여기서 글쓰기의 중요성이 나온다. 자신을 정확하게 알릴 수 있고 매력적으로 보이게 할 수 있는 길, 바로 글을 잘 쓰는 것이다.

논술시험에서도 글쓰기는 필요하다. 논술시험의 목적이 무엇이겠는가? 자신의 지식을 논리적으로 얼마나 잘 풀어내는가를 보려는 시험이다. 어떤 학생들은 논술은 지식만 많으면 잘할 수 있다고 생각한다. 하지만 그렇지 않다. 지식이 많은 것과 그 지식을 풀어내는 일은 엄연히 다르다.

노벨 경제학상을 받은 폴 크루그먼이라는 경제학자가 있다. 현재 미국에서 가장 유명하다. 그가 유명한 이유는 다음과 같은 평가에서 찾을 수 있다. "폴 크루그먼보다 뛰어난 경제학자는 많다. 하지만 그보다 더 쉽게 설명하는 사람은 없을 것이다."

논술도 마찬가지다. 학생마다 지식의 차이는 존재하지만, 논술은 그 지식의 차이를 평가하지 않는다. 논술은 자신의 가진 지식을 어떻게 표현할 수 있는지를 보는 시험이다. 결국 논술 역시 글쓰기가 핵심이다.

중학생에게도 글쓰기는 특목고 입시와 관련해서 필요하다. 대학 입학과 관련해서 특목고는 좋은 대학을 가는 지름길 같은 곳이다. 현재 특목고 입시전형에도 입학사정관제가 도입되었다. 즉 면접이 합격을 좌우한다. 여기서도 면접은 그냥 진행되지 않는다. 자기소개서를 기반으로 이루어진다. 마찬가지로 글쓰기가 필수이다. 자기소개서를 잘 쓰면 면접에서 확실히 유리하다. 글은 말보다 훨씬 공신력이 있기 때문이다. 글 잘 쓰는 사람을 말 잘하는 사람보다 신뢰하는 이유가 있지 않겠는가?

학원 다니기 좋아하는 학생은 거의 없다. 부모들도 안다. 하지만 부모가 자기 자식을 논술학원에 집어넣어서 고생시키는 데에는 다 이유가 있지 않겠는가?

그들과 다른 우리들의 이유

중고생의 가장 큰 고민은 성적이다. 시험만 안 보면 학교도 다닐 만하다. 그런데 시험 안 보는 학교는 없다. 무언가 새로운 것을 부담 없이 배우면 좋겠지만, 대한민국에서는 시험이라는 부담 없이 배울 수 있는 것이 없다. 만약 우리가 모두 전교 1등을 한다면, 혹은 최소한 남부러워할 정도의 등수만 한다면 우리의 자유는 훨씬 많아질 것이다. 공부 잘하는 사람에게 공부하라고 잔소리할 부모가 어디 있겠는가.

문제는 공부다. 공부 못하는 죄를 지어서 이렇게 구속받고 잔소리 듣는다. 그럼 어떻게 공부를 잘하지? 누가 그 문제의 답을 알까. 아마도 쉽게 공부 잘하는 방법은 없을 듯하다. 그래도 절망하지 말자. 하늘이 무너져도 솟아날 구멍은 있지 않겠나?

학생을 가르치는 일을 하다 보면 특이한 학생을 가끔 본다. 한 번은 수업 중에 필기를 안 하고 듣기만 하는 학생이 있었다. 가끔 무언가를 책에 적기는 하지만 필기는 하지 않았다. 그런데 그 학생한테도 노트는 있었다. 나의 호기심은 그 노트에 미쳤다. 아마도 다른 학생들이 한 것을 보고 필기해 놓았을 것이라고 짐작했다. 예상은 적중했다. 정확히는 반만 적중했다. 그 학생의 노트를 보니 필기는 되어 있었다. 그런데 수업 때 내가 필기한 내용이 아니었다. 어디서 듣도 보도 못한 필기가 되어 있었다.

그 학생에게 물어보았다. 이것이 누구의 필기냐고. 그 학생은 자신의 것이라고 했다. 평소에 필기를 안 하던데 어떻게 된 거냐고 물었다. 그러자 그 학생은 수업 중에는 필기를 안 한다고 했다. 대신 집에 가서 자신이 이해한 것을 바탕으로 책의 목차를 중심으로 스스로 필기를 한다고 했다. 그러다 보니 자연스럽게 복습도 되고 이해도 된다고 했다. 그래서 어떻게 그런 생각을 했냐고 물었더니 평소 글쓰기 습관이 있었다고 한다. 아버지가 물려주셨다고 했다.

글쓰기는 그런 것이다. 자신의 지식을 정리하고 평가하는 마지막 단계이다. 시험 보기 전에 자신이 아는 것을 노트에 한번 적어봐라. 딱 그만큼이 자신이 아는 것이다. 지금 글쓰기를 하면 성적이 오른다고 말하는 것이 아니다. 그건 거짓말이다. 성적은 그 과목의 공부를 해야 오른다. 그런데 그 과목의 공부를 해도 성적이 오르지 않는다면 방법이 잘못된 것이다. 그 잘못된 방법을 고치는 일은 스스로 공부한 것을 정리해 보는 것이다. 정리하는 과정에서 아는 것과 모르는 것이 구별된다.

사람들은 신기하게도 아는 것을 공부하기 좋아한다. 재미있지 않은가? 공부는 원래 모르는 것을 하는 것인데 아는 것을 공부한다니 말이다. 그런데 사실이다. 일반적으로 모르는 것은 어려우니 자꾸 다음에 하려고 한다. 그에 반해 아는 것은 보고 있으면 마음의 안정도 되니 더 공부하려고 한다.

바로 여기에 공부를 해도 성적이 오르지 않는 이유가 있다. 모르는 것을 공부하지 않으니 성적이 오르겠는가? 이런 바보 같은 짓을 그만두기 위해서는 대책이 필요하다. 바로 스스로 정리를 해보는 것이다. 아는 것과 모르는 것을 구별하는 작업. 그리고 그 정리하는 법을 배우는 최고의 방법이 글쓰기다.

사람마다 책을 보고 이해하는 깊이가 다르다. 그런데 글로 자신의 생각을 정리하는 습관이 있다면 같은 책을 읽어도 습득하는 양에 차이가 생긴다. 세상의 모든 공부는 책을 읽고 그 내용을 머릿속에 정리하는 작업이다. 그리고 그 정리한 것을 글로 표현하는 사람이 진짜 지식을 가진 사람이다. 괜히 글 잘 쓰는 사람이 똑똑해 보이는 것이 아니다.

글쓰기 연습은 그 자체로 자유로움을 느끼게 한다. 그리고 그것이 익숙해지면 책을 보는 눈이 달라진다. 생각해보자. 글쓰기 자체가 책을 만드는 가장 기본적인 작업 아닌가. 그런 작업에 익숙하면 책 쓰는 사람의 입장을 이해하고 책을 이해하게 된다. 학습 능력을 향상시킬 수 있다.

물론 글쓰기를 잘한다고 공부를 잘한다는 이유가 충분한 공감을 주지 않을 수도 있다. 하지만 자신의 공부를 위해서도 도움이 되고, 현실적으로 좋은 고등학교와 대학교에 진학하기 위해서도 도움이 된다면 해볼 만하지 않겠는가? 최소한 글로 엄마한테 내가 왜 컴퓨터 게임을 해야 하는지 써서 제출한다면 엄마도 무조건 안 된다고 할 수는 없을 것이다. 글은 분명 말보다 무게감이 있으니까.

미래를 위한 안정적인 투자, 글쓰기

당신은 무엇에 투자하고 있는가?

어릴 때 피아노학원에 다녔었다. 난 분명히 태권도를 배우겠다고 엄마에게 말했지만, 그것이 헛된 바람이었다는 것을 피아노 앞에 앉아 있는 나를 보면서 확인하였다. 학원은 꽤 오랫동안 다녔다. 피아노학원에 다녀본 친구들은 알겠지만 감옥 같은 곳에 들어가 앉아 있으면 어떤 아줌마가 들어와서 피아노를 치라고 명령한다. 난 그 좁은 감옥 같은 곳에서 명령을 어길 용기를 내지 못하고 영혼 없이 피아노를 쳤다. 그 짓을 체르니 40번 끝낼 때까지 했으니 고생 좀 했다.

지금 나는 피아노를 칠 수 있을까? 아니다. 몇 해를 감옥 같은 곳에서 무서운 아줌마를 옆에 앉혀 두고 배웠지만 지금 난 피아노를 못 친다. 그렇다면 난 그 시간 동안 무엇을 한 것일까?

이런 경험이 나에게만 있진 않을 것이다. 요즘은 초등학교 때 다들 학원에 다니니 중학생만 되어도 내 얘기에 공감할 것이다. 이런 쓸모없는 일을 우리는 경쟁적으로 했다. 그것 때문에 우리는 돈도 날리고 시간도 날리고 자유도 날렸다. 무언가에 투자를 했지만 손해만 보았다.

미래를 위한 안정적인 투자

무언가를 배워서 자기 것으로 만들려면 배운 것을 무엇에 사용할지가 명확해야 한다. 바로 목표가 필요한 이유이다. 초등학교 때 미술학원이나 피아노학원에 다닌 것이 정말 시간 낭비였던 이유가 바로 이것이다. 목표가 없었다. 그냥 했다. 목표가 없는데 어떻게 잘할 수 있겠는가. 그래서 우리는 모두 실패했다.

피아니스트가 될 게 아닌데 피아노를 배워서 뭐하겠는가? 또는 그림을 그리는 화가가 될 것도 아닌데 미술학원에 다녀서 뭐하겠는가? 게다가 피아노나 미술이 평소에 필요한 것도 아니지 않은가? 너무 현실주의자처럼 보일지도 모르지만, 의욕 없는 배움은 시간 낭비이다.

그러나 글쓰기는 다르다. '외국어는 취업의 추천장, 글쓰기는 승진의 신용장'이라는 말이 있다. 외국어는 아무리 잘해도 취업하는 데는 추천장 정도의 의미이고, 그에 반해 글쓰기는 승진을 보장해주는 능력이라는 의미다. 추천장은 말 그대로 추천만 해준다. 추천 후에는 어떤 결과도 보장하지 않는다. 그러나 신용장은 추천이 아니다. 보증을 해주는 것이다.

　우리는 반대로 하고 있다. 취업이 확실치 않은데, 추천장을 받기 위해 몇 년씩 영어 공부에 매달린다. 그러나 승진이 보장되는 글쓰기는 안 한다. 어차피 취업을 해도 승진을 못 하면 밀려난다. 확실하지도 않은 추천장을 받기 위해 왜들 그렇게 영어 공부에 목을 매는 걸까? 투자를 너무 바보처럼 하는 건 아닐까?

그래서 글쓰기다

　'바칼로레아(Baccalaureate)', 프랑스의 수능시험의 이름이다. 문제는 한 줄. 시험 시간은 네 시간. 보기는 없다. 모든 것은 스스로 써야 한다. 이 시험을 볼 때 프랑스 전체가 집중한다. 정치가, 교수, 기자 모두 경쟁적으로 그 문제를 푼다. 그리고 시험 다음 날 자신의 답을 발표한다.

왜 프랑스는 이런 시험으로 대학의 합격을 결정하는가? 단 한 줄의 철학적 문제로 사람의 능력을 평가할 수 있는가? 프랑스는 믿는다. 글쓰기야말로 그 사람의 능력을 완전히 평가할 수 있다고. 보기가 있는 문제는 운이 작용한다. 객관식 시험으로는 단편적인 지식만 평가된다. 하지만 주관식인 글쓰기 시험은 다르다. 그 사람이 알고 있는 단편적인 지식을 어떻게 통합하는지 볼 수 있다.

미국과 영국의 대학도 마찬가지다. 하버드, 예일, 프린스턴, MIT, 옥스퍼드, 케임브리지……. 모두 글쓰기를 강조한다. 입학할 때부터 에세이는 중요한 전형요소다. 입학하고 나서도 끊임없이 글쓰기 훈련을 받는다. 왜 그럴까? 그들은 말한다. 리더의 가장 중요하고 기본적인 요소는 글쓰기라고.

그럼 한국은 어떨까? 우리의 수능시험이 객관식 위주이니 글쓰기가 불필요하지 않을까? 아니다. 서울대 기초교육원의 강현배 부원장은 〈한겨레21〉의 기사에서 말했다.

"박사나 석사 논문에도 비문을 쓸 정도로 글쓰기가 엉망이라면 학문의 수준이 높아질 수 없다. 비판적인 사고와 글쓰기가 분리될 수 없는 만큼 앞으로 글쓰기의 중요성은 더욱 강조될 전망이다."

도서관이나 대형 서점에 가 보자. 글쓰기 책이 넘쳐난다. 글쓰기 책이 많다는 것은 그것을 요구하는 독자도 많다는 뜻이다. 어른들은 글쓰기에 목말라 있다. 왜? 글쓰기를 못하면 자신의 능력을 제대로 발휘하지 못하기 때문이다.

취직 전에는 자기소개서 쓰면서 창작의 고통을 느낀다. 취업했으니 끝났겠지 하면 오산이다. 취업 후에는 보고서, 기획서 등을 써야 하는 창작의 고통이 기다린다. 작가도 아닌 회사원이 글쓰기 때문에 스트레스를 받는 이유이다. 그래서 성인 글쓰기 책들이 그렇게 넘쳐난다. 그런데 그들은 쉽게 고통에서 벗어날 수 없다. 글쓰기를 공부할 시간이 부족하다. 하나같이 어릴 때부터 연습하지 않은 것을 후회한다.

시작하자

〈꼴〉이라는 만화가 있다. 관상 보는 법을 만화로 엮어서 연재한 것이다. 그중에 "왜 사람들은 관상에 나온 운명대로 사는 것인가?"라고 관상 보는 사람에게 묻는 장면이 있다. 나도 그 점이 무척 궁금했었다. 관상가는 말한다. "이상하게 그저 그런 관상을 갖고 있으면 아무리 좋은 말을 해도 그것을 받아들이지 않는다."고. 그에 반해 "좋은 관상을 갖고 있으면 피가 되고 살이 되는 말은 귀신같이 알아듣는다."고 했다.

관상이야기를 꺼낸 것은 운명을 말하려는 게 아니다. 난 당신의 운명에 관심이 없다. 다만 나의 조언을 신중히 생각하라는 것이다.

당신도 후회하고 싶은가? 글쓰기를 시작하라는 것은 인생의 선배로서 하는 조언이다. 살면서 글 쓸 일은 넘쳐흐른다. 그리고 글쓰기는 재능으로 인정도 받는다. 영어를 잘하는 것보다 글쓰기를 잘하는 것이 훨씬 어렵다. 그 말은 영어를 잘하는 것보다 글쓰기를 잘하는 사람이 더 인재라는 것이다.

지금 시작해야 한다. 글쓰기는 하루아침에 이루어지지 않는다. 그러니 청소년들이여, 지금 시작하자. 자신의 꿈을 거침없이 이루기 위해서 지금 시작하자.

글 잘 쓰는 방법 분석하기

글쓰기 공부의 목적은 무엇일까? 무엇을 위해 그렇게 열심히 글쓰기 연습을 하는 것일까? 정답은 간단하다. 바로 좋은 글이다. 좋은 글을 쓰는 게 목적이고 좋은 글을 쓰고 싶어서 공부한다. 사실 누구나 그 문제를 풀기 위해 노력한다. 나쁜 글을 쓰고 싶은 사람이 어디 있겠는 가? 그러나 쉽지 않다. 왜 어려울까?

우선 사람들은 무엇이 좋은 글인지 모른다. 좋은 글을 쓰고 싶은 마음뿐이다. 클래식 음악 공연을 갔는데 옆 사람이 "이 음악 좋죠?"라고 묻는 것과 비슷한 난처함이랄까.

우선은 목적을 알아야 한다. 즉 좋은 글이 무엇인지 알아야 한다.

좋은 글을 쓰기 어려운 두 번째 이유는, 좋은 글을 쓰기 위해 어떻게 해야 하는지 모르기 때문이다. 막연히만 생각할 뿐이다. 그런데 이건 어떤 사람이 자신의 목적지도 모르면서 아무 버스에나 앉아 있는 것과 같다. 그는 목적지에 갈 수 있을까? 절대 그런 일은 일어나지 않을 것이다. 자신이 가고자 하는 목적지도 알아야 하고 그 목적지에 도착하는 버스도 알아야 한다.

그럼 생각해보자. 당신은 어떤 글을 읽고 '참 좋다'라고 생각했는가? 아직 책을 많이 읽지 않아서 좋은 글을 본 적이 없는가? 그럴 수 있다. 학원 때문에 바쁜데 책 볼 시간이 어디 있겠는가? 그래도 중간고사 시험문제라 치고, 무엇이 좋은 글인지 답해보자.

좋은 글의 조건

좋은 글의 평가는 누가 하는가? 바로 글을 읽는 사람이다. 읽는 사람이 좋다고 느껴야 좋은 글이 된다. 이 단순한 원칙에 답이 있다.

글의 내용이 좋다 나쁘다 말하려면 우선 이해해야 한다. 이해를 한 다음에 좋다 나쁘다 생각할 수 있다. 그런데 만약 글이 이해되지 않는다면? 아마도 그 글은 읽히지 않는 글이 된다. 글이 사람들에게 읽히지 않는다면 존재이유가 없어지는 것이다. 읽히지 않는 글은 글이 아니다. 기업에 제출되는 수많은 자기소개서가 사실은 읽히지 않는다. 왜? 읽어도 이해가 가지 않기 때문이다. 안 그래도 바빠 죽을 지경인 면접관이 이해도 안 가는 글을 애써 해석하고 있겠는가? 입장 바꾸어 놓으면 바로 알 수 있다.

그다음에는 무슨 이야기를 하고 싶어 하는지 읽는 사람에게 전달이 되어야 한다. 그러려면 글에 힘이 있어야 한다. 살아 있지도 않은 글에 무슨 힘이 있고 없고 하느냐고? 근데 겪어보면 안다. 어떤 글은 강하다. 읽다 보면 글이 살아서 내게 소리치는 것 같다. 그래서 힘 있는 글을 읽을 때는 잠자코 읽게 된다. 조련사 앞에 다소곳이 앉아 있는 호랑이처럼. 그런 글은 사람을 집중하게 한다. 그리고 생각하게 한다.

이해하기 쉽고 힘 있는 글은 읽는 사람을 글에 묶어둔다. 그러나 그것만으로는 좋은 글이 아니다. 글을 읽었는데 그 사람에게 아무것도 남아 있지 않다면 그 글은 좋은 글이 아니다. 좋은 글은 읽는 사람이 그 글을 이해하고 설득당해야 한다. 최소한 필자의 입장을 이해하고 생각하게 되어야 한다. 그러기 위해서는 무엇이 필요할까? 바로 논리다. 철학의 발전에 필수적이었던 것, 바로 논리만이 사람을 설득할 수 있다.

어떤 글은 감정에만 호소한다. 그런 글은 사람의 마음만 어지럽힌다. 물론 감정에 동조할 수는 있다. 그러나 그것은 순간이다. 구별하자, 가슴을 따뜻하게 하는 글과 감정에 호소하는 글을. 가슴을 따뜻하게 하는 글은 분명 좋은 글이다. 그러나 그 글에도 논리는 있다. 사람의 가슴을 따뜻하게 하는 글도 그 감정을 논리적으로 설명한다.

감정을 논리적으로 설명한다는 부분이 이해 가지 않는가? 한 번 생각해 보자. 인간이 느끼는 감정은 사실 비슷하다. 비슷하다는 것은 공통점이 있다는 것이고 그 공통점을 안다면 설명할 수 있게 된다. 즉, 감정도 논리적으로 설명할 수 있다. 또한 그래야만 다른 사람이 공감한다. 무조건 "나 가슴이 아파"라고 해서는 공감이 안 간다. 왜 가슴이 아픈지 설명해야 이해할 수 있다. 엄마가 편찮으셔서 가슴이 아픈 건지, 여자 친구가 나의 잘못으로 힘들어해서 아픈 건지 이유가 있어야 한다. 그리고 그 이유를 얼마나 잘 설명하는지가 중요하다. 바로 논리적으로 설명해야 한다는 얘기다.

어떻게 쓸 것인가?

정리하자면 좋은 글은 이해하기 쉽고, 힘 있고, 논리적이어야 한다. 아마도 말은 쉽다고 생각할 것이다. 그리고 너무 추상적이라고 생각할 수도 있다. 그렇다면 한번 구체화해 보자.

우선 좋은 글의 기본은 이해하기 쉬운 글이어야 한다. 어려운 단어를 남발하는 것이나, 문장을 너무 길게 만드는 것은 바보 같은 짓이다.

글을 쓰는 사람의 마음 역시 중요하다. 글 쓰는 이의 마음에 따라 글이 달라진다. 사실 글로 자신의 똑똑함을 말하고 싶어 하는 사람이 많다. 어려운 단어, 어려운 문장으로 읽는 사람에게 난해함을 선사하고 싶어 한다. 그러면 글쓴이가 똑똑해 보이는가?

아니다. 틀렸다. 어렵게 써야 자신이 똑똑해 보일 거라 생각하면 오산이다. 어려운 내용을 쓰는 것이 중요한 것이 아니다. 똑똑한 사람은 어려운 이야기를 쉽게 쓰는 사람이다.

무엇이 힘 있는 글을 만들까? 그건 바로 힘 있는 문장이다. 문장에 힘이 있으려면 분명해야 한다. 그리고 그 분명함은 짧은 문장에서 나온다. 문장을 길게 쓰는 것이 좋은 글이라고 생각하는 사람이 많다. 쓸데없이 꾸미고, 꾸미고, 꾸민다. 길게 쓰는 것이 잘 쓰는 것이라 착각해서도 안 된다. 길게 쓰면 한 말 또 하고 또 하는 술 취한 사람의 주정이 된다.

논리적으로 쓰는 것은 어찌 보면 어렵고 어찌 보면 쉽다. 논리라는 것은 이치에 맞음을 뜻한다. 어떤 이의 말이 논리적이려면 말에 이유가 있어야 한다. 누구를 비판할 때도 어떤 점이 잘못되었다고 분명히 이야기해 주어야 한다. 뜬금없이 "나 저 사람 싫어. 이유는 없어"라고 말하는 것은 논리하고는 거리가 멀다.

이렇게 이야기하면 참 단순해 보인다. 하지만 '그 단순함'이 가장 어려울 수 있다. 좋은 글을 쓰는 것은 단순하지만 그 단순함을 몸에 익히기는 어렵다. 그래서 그렇게 많은 사람이 엉덩이에 땀띠 나도록 연습하는 것이다. 글쓰기는 단순해 보이면서도 복잡하다. 그래도 기본 원칙을 세우고 지켜보자. 지금보다는 좋은 글을 쓸 수 있다. 이해하기 쉽고, 힘 있고, 논리적인 글. 우선 이 세 가지 원칙을 이해하는 것이 시작이다.

리더는 글로 승부한다

한 소년의 이야기

소년의 집은 가난했다. 도시락이 없어서 물로 배를 채우기 일쑤였다. 가난은 불편하긴 할지라도 부끄러운 것은 아니라고 했던가. 소년의 자존심만은 가난하지 않았다. 기죽어 살기 싫었고 하고 싶은 말은 해야 했다. 어리다고 세상의 잘못된 점이 보이지 않겠는가. 어려도 어른들의 잘못은 잘 보인다. 소년의 그런 강직한 성격 탓인지, 잘못된 일이 있으면 잘못되었다고 말하고 싶었다. 선생님한테도 따지기 일쑤였다. 그런데 그런 성격이 항상 문제였다.

중학교 글짓기 시간. 글짓기 주제는 '우리 이승만 대통령'이었다. 당시 대통령은 대한민국 초대 대통령인 이승만이었다. 이승만은 초대 대통령이기도 하지만 독재를 위해 잘못된 방법으로 헌법을 고친 분이기도 했다. 소년에게 그는 인정할 수 없는 사람이었다. 게다가 대통령 선거도 코앞이었다. 선거를 하기도 전인데 그 후보자에 대해 좋은 이야기를 쓴 사람에게 상을 준다니, 부당해 보였다.

소년은 백지를 내라고 친구들을 꼬드겼다. 그의 꼬드김 때문인지 친구들은 백지를 냈다. 선생님의 꾸지람은 불 보듯 뻔했지만, 소년은 숨고 싶지 않았다. 백지 뒤에 숨어서 자신의 이름을 하얀색 글씨로 쓰고 싶지 않았다. 그래서 하얀 종이에 '우리 이승만 택통령'이라고 쓰고 이름을 적었다. '택통령'은 택도 없는 대통령이란 뜻이었다. 그냥 넘어갔겠는가? 당연히 문제가 되었다. 선생님은 호통을 쳤다. 쪼그만 게 뭘 안다고 이런 짓을 하느냐고 소리쳤다. 결국 그날의 사건은 그 소년의 큰 형님까지 학교에 와서야 마무리가 되었다.

고등학생이 되고 대학교에 갈 나이가 되었지만 그럴 수 없었다. 가난했다. 그래서 고등학교를 졸업하고 사법고시에 도전했다. 시험은 어려웠다. 밥 먹듯이 떨어졌다. 하지만 포기할 수 없었다. 한 아이의 아버지가 되었기 때문이다. 더욱 노력했다. 결국 그 소년은 합격했다. 그리고 변호사가 되었다.

변호사가 되고 한 사건을 맡는다. 바로 '부림사건'이다. 이는 부산지역에서 야학을 하는 대학생을 간첩으로 만든 조작사건이다. 변호사가 된 소년은 이 사건에 많은 충격을 받았다. 그리고 변했다. 자식에게 이런 부당한 세상을 물려줄 수 없었다. 소년은 인권변호사로 변신했다. 그리고 국회의원이 되었다.

소년, 출사표를 던지다

시간이 흘렀다. 대한민국에서 최초로 월드컵을 개최하는 2002년이 되었다. 그해에는 또 하나의 중요한 일이 있었다. 바로 16대 대통령 선거다. 소년에겐 꿈이 있었다. 사람이 사람답게 살고 싶은 세상을 만들고 싶었다. 돈 없어도 차별받지 않는 세상을 만들고 싶었다. 정의가 패배하지 않고 승리할 수 있는 세상을 만들고 싶었다. 대통령 후보가 되는 것도 쉽지 않았다. 그의 인지도가 충분하지 않았기 때문이다. 게다가 누구도 그가 대통령 후보가 되리라고는 생각하지 못했다. 그런데 세상은 그 '바보'를 주목했다. 그의 탁월한 말과 글이 사람들의 마음을 흔들었다. 마음속에 꿈과 희망을 품게 해주었다. 그 덕분이었을까? 누구도 예상하지 못했지만, 16대 대통령 선거 후보가 되었다. 그리고 그는 다음과 같이 열정적인 출사표를 던졌다.

조선 건국 이래 600년 동안 우리는
권력에 맞서서 권력을 한 번도 바꾸어 보지 못했다.
비록 그것이 정의라 할지라도
비록 그것이 진리라 할지라도 권력이 싫어하는 말을 했던 사람은
또는 진리를 내세워서 권력에 저항했던 사람들은
전부 죽임을 당했다.
그 자손들까지 멸문지화를 당했다, 패가망신했다.

600년 동안 한국에서 부귀영화를 누리고자 하는 사람은
모두 권력에 줄을 서서 손바닥을 비비고 머리를 조아려야 했다.

그저 밥이나 먹고 살고 싶으면
세상에서 어떤 부정이 저질러져도
어떤 불의가 눈앞에서 벌어지고 있어도
강자가 부당하게 약자를 짓밟고 있어도
모른척하고 고개 숙이고 외면했어요.
눈 감고 귀를 막고 비굴한 삶을 사는 사람만이
목숨을 부지하면서 밥이라도 먹고 살 수 있었던
우리 600년의 역사.
제 어머니가 제게 남겨주었던 제 가훈은
"야 이놈아, 모난 돌이 정 맞는다. 계란으로 바위치기다.
바람 부는 대로 물결치는 대로 눈치 보며 살아라."
80년대, 시위하다가 감옥 간 우리의
정의롭고 활기 넘치는 우리 젊은 아이들에게
그 어머니들이 간곡히 간곡히 타일렀던 그들의 가훈 역시
"야 이놈아, 계란으로 바위치기다. 고만두거라.
너는 뒤로 빠져라."
이 비겁한 교훈을 가르쳐야 했던

우리의 600년의 역사, 이 역사를 청산해야 합니다.

권력에 맞서서 당당하게 권력을 한번 쟁취하는 우리의 역사가

이루어져야 만이 이제 비로소 우리의 젊은이들이

떳떳하게 정의를 얘기할 수 있고

떳떳하게 불의에 맞설 수 있는 새로운 역사를 만들어낼 수 있다.

(…….)

《2002년. 노무현 전 대통령의 대통령 선거 출마 선언 수락 연설 중에서》

리더의 조건

대통령 후보가 되고 나서도 많은 우여곡절이 있었지만, 결국 그 소년은 대한민
국 제16대 대통령이 되었다. 바로 노무현 전 대통령이다.

그는 리더의 조건에 대하여 이렇게 말했다.

"지금의 리더는 아무것도 가진 게 없다. 정경유착의 시대도 막을 내
렸고, 권력기관도 국민의 품으로 돌아갔다. 대통령이 권력과 돈으
로 통치하던 시대는 끝났다. 오직 가진 것이라고는 말과 글 그리고
도덕적 권위뿐이다."

—강원국, 《대통령의 글쓰기》, 메디치미디어

남들보다 가난했고 대학교도 못 나왔다. 그런 소년이 리더가 되기 위해서 할 수 있었던 것은 독서와 글쓰기뿐이었다. 특히 그의 인생에서 글쓰기는 중요한 역할을 했다. 억울한 사람을 변호할 때도 그랬고 대통령 선거에 출마할 때도 그랬다. 기억하자. 그를 대통령이 될 수 있게 만들어 준 힘은 무엇인지. 바로 글쓰기였다.

힘 있는
글쓰기

힘 있는 문장 만들기(1)
—짧게 쓰자

짧은 것이 단단하다

우리 외할머니 댁에는 감나무가 많았다. 작은 것도 있지만 보통은 건물 3층 높이에 이를 정도로 크다. 감나무 가지 맨 끝은 사람의 손이 쉽게 닿지 않는다. 그러다 보니 꼭대기에 달린 감을 따려면 도구를 써야 했다. 바로 긴 막대기에 바구니를 단 요상한 물건이 필요했다. 그 긴 막대기를 한껏 치켜들고 감을 따노라면 내가 춤을 추는지 막대기가 춤을 추는지 가만히 있을 수가 없었다. 어깨도 엄청나게 아팠다.

왜 나는 춤을 춰야만 했을까? 어쩌면 당연했을지 모른다. 막대기가 길면 잘 휘어진다. 짧은 것이 단단하지 않던가. 게다가 그 긴 막대기의 끝을 잡고 있으니 힘도 충분치 않았다. 힘도 부족하고 막대기도 잘 휘어지니 바람을 장단 삼아 춤출 수밖에 없었다.

글쓰기에서 문장도 마찬가지다. 문장이 길어지면 막대기처럼 이리저리 휘어진다. 힘을 주고 싶어도 마음처럼 되지 않는다. 그런 휘어지는 문장은 약한 문장이 된다. 말을 길게 한다고 듣는 사람이 잘 이해하는가? 아니다. 오히려 오해하고 잘 이해 못한다. 게다가 말하는 사람도 상대방이 이해 못할까봐 불안하다. 말하는 사람이 불안한데 그 말에 힘이 있을까? 그럴 수 없다. 힘 있는 문장이 될 수 없다.

이는 모두 문장이 길어져서 생기는 일이다.

문장을 짧게 만들어라

힘 있는 글은 힘 있는 문장에서 나온다. 당연하다. 글은 문장의 집합 아닌가? 힘 있는 문장을 쓰려면 길게 쓰면 안 된다. 짧게 써야지 명확해진다. 감 따는 막대기가 너무 길면 감을 정확하게 겨냥할 수 없다. 바람에 휘어지고 내 약한 힘에 휘어진다.

다음의 문장을 보자.

 저의 이상형은 키가 크고 자상하며 성실하고 능력 있는 사람이면 좋겠습니다.

이 문장은 중학교 여학생이 자신의 이상형을 표현한 것이다. 그녀의 이상형이 한눈에 늘어오는가? 물론 한 가지는 알 수 있다. 그 여학생이 눈이 높다는 것. 하지만 그녀의 이상형을 이해할 사람은 그리 많지 않아 보인다.

이 문장을 다음과 같이 고치는 것은 어떨까?

교정 키 큰 사람을 좋아합니다. 자상함과 성실함까지 있다면 제 이상형이 될 것입니다. 그리고 능력은 기본이겠죠?

한 문장을 셋으로 나누었다. 마침표가 세 개다. 이 말은 세 개의 생각을 말했다는 뜻이다. 한 문장에 세 개의 생각을 말하면 어떻게 되겠는가? 읽는 사람은 다 읽고서도 무엇을 읽었는지 잘 기억나지 않는다. 나누어야 기억할 수 있다.

이상형을 찾고 싶지 않은가? 짧은 문장은 생동감이 있다. 〈예시〉 문장과 비교해 보자. 왠지 발랄하다.

힘 있는 글쓰기의 가장 기본적인 원칙은 짧은 문장이다. 짧은 것은 단단하다. 그 단단함에서 힘이 나온다. 길게 쓰면 약해지고 휘어질 뿐이다. 글을 완성하는 것을 등산이라 생각해 보자. 큰 걸음으로 성큼성큼 산을 오르면 금세 지친다. 쓰는 사람도 지치고 읽는 사람도 지친다. 산을 잘 타는 사람은 짧은 걸음을 유지한다. 문장을 짧게 만들자. 좋은 글쓰기의 기본 중 기본이다.

주어는 한 번씩만 사용하자

다들 주어나 서술어라는 문법 용어가 나오면 어려워한다. 그러나 별거 아니다. 우리나라 말의 문장 구조에서 주어는 일반적으로 맨 앞에 위치한다. 물론 도치되거나 생략되는 경우가 있다. 하지만 원칙은 맨 앞에 와서 주인행세를 하는 낱말을 말한다.

서술어는 주어의 동작, 상태, 성질 등을 설명한다. 그러다보니 서술어는 문장 끝에 오기 마련이다. 요즘은 국어보다 영어를 먼저 배워서 주어, 동사, 목적어에 익숙할 테니 동사를 서술어라고 생각하면 된다.

주어는 문장에서 주인 역할을 한다. 속담에 사공이 많으면 배가 산으로 간다고 했다. 문장도 마찬가지다. 주어는 한 문장에 하나가 있어야 한다. 한 문장에 욕심을 내어서 주인을 여러 명 배치하면 그 문장도 산으로 간다.

다음 문장을 보자.

예
제가 영어과에 지원한 동기로는 미국은 뛰어난 경제와 문화를 갖고 있고, 그곳에서 활동하려면 영어가 필수여서 훌륭한 영어실력을 갖추고 싶어서입니다.

이 문장은 특목고 자기소개서에서 나온 실제 문장이다. 우선 문장이 길다. 이렇게 길어진 이유는 주어가 여러 개이기 때문이다. 주어가 여러 개인 이유는 무엇일까? 그 이유는 여러 문장을 한 문장으로 뭉쳐서 썼기 때문이다.

우선 '제가 영어과에 지원한 동기로는'이 주어라 볼 수 있다. 즉, 글쓴이는 자신의 동기를 설명하고 싶다. 그런데 갑자기 '미국은'이라는 주어가 나온다. 이렇게 되면 읽는 사람이 혼란스럽다. 분명 지원 동기를 설명할 것이라 생각했는데, 갑자기 미국을 설명한다. 기대하지 않은 만남이 꼭 좋지만은 않다.

교정한 문장을 보자.

미국은 뛰어난 경제와 문화를 갖고 있습니다. 영어는 미국에서 활동하기 위해 필수입니다. 제가 영어과에 지원한 동기는 훌륭한 영어실력을 갖추고 싶어서입니다.

세 개의 문장으로 구별했다. 주어 역시 세 개다. '미국은', '영어는', '제가 영어과에 지원한 동기는'이다. 그래서 문장도 세 개가 되었다. 즉 하나의 배에 한 명의 사공이 탔다. 〈예시〉의 문장은 주어를 모두 한 문장에 담아 놓았다. 그러다 보니 그 문장이 어디로 갈지 예측이 안 된다. 바로 그 차이 때문에 짧게 써야 힘 있는 문장이 된다.

짧은 문장을 만들 때 처음 생각할 부분은 한 문장에 하나의 주어를 놓는 버릇을 들이라는 것이다. 이것을 지키지 않아서 문장이 자꾸 길어진다.

다음의 문장도 한 번 보자.

처음에 저는 친구는 일본의 식민지 지배를 긍정적으로 평가하는 것을 이해하지 못했습니다.

이 문장도 주어가 두 개다. 하나는 '저는'이고 다른 하나는 '친구는'이다. 이렇게 두 문장을 하나의 문장으로 만든 것을 '안은문장'이라고 한다. 물론 안은문장이 나쁜 것은 아니다. 잘못된 것도 아니다. 그러나 자칫 글의 이해도를 떨어뜨릴 수 있다. 글의 호흡과 상관없다면 쉽게 써야 한다. 읽는 사람을 배려하자. 문장을 나누어서 하나의 주어만 사용하도록 하자.

 친구는 일본의 식민지 지배를 긍정적으로 평가했습니다. 처음에 저는 이 것을 이해하지 못했습니다.

한 문장 한 주어의 원칙을 지켜보자. 하고 싶은 말이 많다는 것은 알겠다. 하지만 혼자 벽보고 말하면 뭐하겠는가? 글도 대화다. 읽는 사람이 알아듣게 써야 한다. 문장을 길게 만들면 읽는 사람의 집중도만 떨어지게 만든다.

한 문장에서는 하나만 말하자

부자들은 돈을 많이 벌기도 하지만 절약도 많이 한다. 물론 가난한 사람들도 절약한다. 그렇다면, 둘의 차이는 무엇일까? 우선 가난한 사람은 쓸데없는 것에 절약한다. 가령 교통비를 아끼면서 술값으로는 10만 원을 쓴다. 그에 반해 부자는 사소한 것에 목숨 걸지 않는다. 어차피 돈은 써야지 벌 수 있다고 생각한다.

글을 쓸 때도 부자처럼 글을 써야 한다. 쓸데없는 것에 아끼면 안 된다. 특히 글 쓸 때 우리가 가장 많이 아끼는 것이 문장이다. 문장을 아끼다 보니 한 문장에 하나의 '글'을 담으려고 한다. 하나의 문장에는 하나의 '생각'을 담자. 그것이 원칙이다.

 음악평론가는 외국의 음악과 문화에 대한 지식뿐만 아니라 외국어 실력도 필요하기 때문에 ○○외고에 지원하며, 다양한 음악을 기반으로 문화 발전을 이룩한 일본을 배우기 위해 일본어과에 지원합니다.

자기소개서에 있는 문장이다. 문장이 길다는 느낌부터 든다. 도대체 무슨 말을 하는지 이해하기 쉽지도 않다. 게다가 이 문장은 지원 동기를 설명하는 것인데 이렇게 분명치 않다면 면접관이 어떻게 생각하겠는가?

그렇다면 이 문장의 주어는 무엇일까? 바로 음악평론가이다. 그리고 그에 대하여 설명한다. 그런데 갑자기 쉼표 전에 외고에 지원한다고 서술한다. 도대체 무슨 말인가? 음악평론가는 어떠해야 한다고 하면서 외고에 지원하는 이유는 무엇인가? 마치 음악평론가가 외고에 지원하는 것 같다. 그다음에 보이는 일본어과에 지원하는 동기도 거창하기는 하나 분명치 않다. 일본이 어떠한 곳이라는 설명을 하면서 일본어과에 지원하는 엉뚱한 문장이다.

　이러한 문장이 나온 것은 문장을 너무 아껴서다. 한 문장에 너무 많은 생각을 담으려고 하지 마라. 한 문장에는 하나의 생각이면 충분하다.

①음악평론가는 외국의 음악과 문화에 대한 지식뿐만 아니라 외국어 실력도 필요합니다. ②그 외국어 실력을 갖추려고 ○○외고에 지원합니다. ③그리고 일본은 다양한 음악을 기반으로 문화 발전을 이룩하였습니다. ④그런 일본을 배우기 위함도 지원하는 이유입니다.

　하나의 문장을 네 문장으로 나누었다. 두 번째 문장에 주어는 생략되었다. 주어는 '저는'이었을 것이다. 세 번째 문장에서는 새로운 지원 동기를 이야기하려고 일본에 대해 설명한다. 그래서 앞에다가 접속사 '그리고'를 넣었다.

　차라리 이 정도로 고치는 게 바람직해 보인다. 하지만 여전히 문장 자체가 분명치는 않다. 처음 원문이 너무 장황해서 교정에 한계가 있다. 이 이상 교정하는 것은 새로운 글쓰기가 된다.

　이번에는 좀 더 긴 문장을 보자. 홍길동전을 읽은 중학생의 독후감 중 한 문장이다.

천출임에도 불구하고 무언가를 해보겠다는 불굴의 의지 하나로 불쌍하고 힘없는 사람들을 돕는 길동을 보며 아무리 환경이 내 뜻대로 따라주지 못한다 하더라도 환경은 환경일 뿐 내가 노력하면 그 뜻은 분명히 이룰 수 있다는 것을 느낄 수 있었다.

이 학생이 하고자 하는 이야기를 이해 못 하는 사람은 없을 것이다. 하지만 한 번에 무슨 말인지 알아듣는 사람도 많지는 않을 듯하다.

예문은 '천출인 홍길동이 가난한 사람을 돕는 것'이라는 문장과 '환경에 순응하지 않는다면 자신이 하고자 하는 일을 할 수 있다는 것'이라는 문장으로 나눌 수 있다.

 홍길동은 천민 출신이다. 신분이 무슨 상관이겠는가? 그는 불굴의 의지로 힘없는 사람을 도왔다. 환경은 환경일 뿐이다. 내가 노력하면 그 뜻은 분명히 이룰 수 있다는 것을 느낄 수 있었다.

우선 문장을 나누어 보았다. 대충 네 개에서 다섯 개로 나눌 수 있는 듯하다. 교정에서는 다섯 문장으로 나누었다.

우선 〈예시〉에 '천출임에도 불구하고'를 한 문장으로 만들었다. 홍길동은 자신의 신분을 뛰어넘은 인물이라고 글 쓴 학생은 생각한다. 이는 홍길동이 신분을 뛰어넘는 인물이 되는 '전제'가 된다. 중요한 부분이다. 그러니 하나의 문장으로 이해하기 쉽게 설명하면 좋다.

'신분이 무슨 상관이겠는가?'라는 문장은 접속어를 쓰지 않기 위해 집어넣었다. 사실 처음 문장에는 '홍길동이 천출이지만,'이라고 하여 '그러나'의 의미가 있었다. 이를 '신분이 무슨 상관이겠는가?'라는 의문형 문장으로 대체하여서 접속어를 쓰지 않았다. 이는 단문을 만드는 기술 중 하나이다. 되도록 접속어를 줄이려고 노력해 보자. 글이 딱딱해지지 않고 매끄러워진다.

'환경'도 큰 문제가 되지 않으니 하나의 문장으로 설명하였다. 마지막으로 자신의 느낀 점을 설명하기 위해 새로운 문장으로 만들었다. 핵심이 되는 부분이다.

〈예시〉문장과 〈교정〉문장의 차이가 무엇인가? 둘의 차이는 문장의 길이 뿐이다. 그럼, 어느 쪽이 더 힘이 있어 보이는가? 호흡이 짧아지면 문장에 힘이 생긴다. 당연히 짧은 쪽이다. 긴 문장을 나누어서 짧게 만들자.

'하나의 문장에 하나의 주어를 쓰자'와 '하나의 문장에 하나의 생각을 담자'에는 같은 원리가 있다. 문장을 정확하고 분명하게 만들기 위함이다. 한 문장에 하나의 주어만 쓰면 자연히 하나의 생각을 담을 수 있다.

그 반대도 성립한다. 한 문장에 하나의 생각을 담으면 주어가 많이 필요하지 않다. 즉, 하나의 주어만 있다면 문장이 짧아진다. 이 두 가지를 기억하는 것이 짧은 문장을 만드는 기본이다.

잠시 읽어보자

다음의 글을 읽어보자.

샌안토니오 경기장. 날씨는 쾌청. 축구팬들에겐 오늘 별도의 관전 포인트가 있다. 초롱이 이영표의 해설자 변신. 결과는? 한마디로 책 읽는 소년. 그러나 신기하다. 반감이 안 생긴다. 초보 해설자를 응원하는 이 심리상태는 뭐지? 일찍이 내가 '이영표 각도'라고 이름 붙인 게 있다. 카메라를 바라보는 겸손의 각도. 잘난 체하지 않으려는 마음. 절제의 향기가 우러나는 각도다. 실력과 인품은 드러내지 않아도 드러난다. 억지로 안 된다. '잘남'을 치장하다가 '못남'의 분류항으로 귀속된 자, 부지기수다. 시청자는 만만한 존재가 아니다. 됨됨이를 가늠하는 촉수를 지녔다.

―〈중앙일보〉, 주철환 PD 글 중

처음 이 글을 읽기 전에는 별로 기대하지 않았다. 내가 아는 주철환 PD는 MBC에서 일요일 예능을 담당하던 사람이다. 따뜻하면서 인기 있는 예능을 만드는 사람 정도였다. 사실 내 마음은 꼬였었다. 〈중앙일보〉에서 최고의 글쟁이만 쓴다는 '분수대'에 기재되어 있지 않은가. 기자도 아닌 PD가 글을 잘 쓸까? 선입견이 있었다.

첫 문장을 읽고 여전히 거만하게 생각했다. '문장을 짧게 쓰기는 하는군.' 그런데 두 번째 줄을 읽은 후부터는 글에 빠졌다. 궁금해졌다. 다음 내용은 뭐지? 계속되는 머릿속 물음표를 지워나갔다. 몰입하면서 읽고 있는 나를 보았다.

글을 다 읽고는 부끄러웠다. 알고 보니 그는 국문학 박사였다. 책도 여러 권 쓴 저자였다. 그런 이력이 글을 보장하진 않는다. 당연하다. 하지만 글에 따뜻함과 생동감이 있었다. 그가 왜 따뜻하면서 인기 있는 프로그램을 만드는 사람이었는지 알 수 있었다.

이번에는 글을 보자. 문장이 짧다. 접속사도 거의 없다. 메시지는 분명하다. 지루하지 않다. 힘도 있고 생동감도 있다. 너무 칭찬 일색인가? 그래도 칭찬할 수 있는 글을 읽는 것은 기쁨이다. 보여주고 싶었다. 짧은 문장으로 글을 쓰는 것이 얼마나 중요한지. 너무나도 많은 글의 홍수에서 이런 글을 읽는 것은 행운이다. 스스로 판단하기가 어려울 수 있다. 그러면 그냥 느껴보자. 좋은 글은 느낌만으로도 알 수 있다.

긴 문장은 유식을 보장하지 않는다

주변에 보면 '장문병(長文病)' 환자가 참 많다. 여기서 '장문병' 환자는 문장을 길게 쓰는 버릇을 가진 사람이다. 글쓰기의 전문가라는 사람들인 대학교수, 기자 중에도 자주 볼 수 있다. 그들은 분명 믿고 있는 듯하다. 글을 길게 써서 한 문장 안에 여러 생각을 담아야지 유식해 보인다고.

우리는 초등학교에 입학해서 짧은 문장부터 배운다. '철수는 착하다', '나비는 하늘을 난다' 등. 그런데 이런 짧은 문장을 초등학교 때 배워서 그런지 중고생만 되면 길게 쓰려고 한다. 유행처럼 긴 문장을 좋아한다. 마치 긴 문장을 쓰면 똑똑함이 보장되는 것처럼 생각한다.

그러나 그 반대다. 술 취한 사람을 생각해보자. 횡설수설 한다. 누가 들든 말든 계속 떠든다. 혹시 술 취한 사람의 말을 경청하는 사람을 본 적 있는가? 같이 술에 취하기 전에는 그럴 수 없다.

똑똑한 사람은 핵심을 이야기한다. 쓸데없는 말을 늘어놓아 정작 자기가 하고 싶은 말이 흐릿해지도록 하지 않는다. 당연히 긴 문장보다는 짧은 문장을 좋아한다. 길게 말하면 스스로도 불안해진다. 내가 무슨 말을 하는지 말을 하는 중에 잊어버린다. 말하는 사람이 불안한데 듣는 사람은 편안함을 느낄 수 있겠는가? 거꾸로 생각하면 답이 나온다. 문장을 짧게 쓰려면 자신이 하고 싶은 말이 무엇인지 명확해야 한다. 이 말도 하고 싶고 저 말도 하고 싶으면 나누어서 해라.

문장을 아끼지 마라. 사소한 문장을 아끼려다가 글 자체를 낭비하게 된다. 짧게 쓴다고 무식하다고 하지 않는다. 주철환 PD가 짧은 문장을 써서 무식해 보였는가? 걱정하지 말자.

힘 있는 문장 만들기(2)
—줄여 쓰자

길면 바보 같다

중학교 때 다리가 짧은 친구가 있었다. 그 친구는 바지를 사면 꼭 공짜로 줄여 주느냐고 물었다. 가끔 줄이지 않아도 딱 맞는 바지를 찾을 때가 있는데, 그럴 때면 그렇게 기세등등하였다. 한 번은 어차피 키가 클 텐데 바지를 그냥 입는 것은 어떠냐고 물었다. 대답은 단순했다. "나 바보처럼 보이기 싫다." 그때 처음 알았다. 바지가 길어서 온 거리의 먼지를 청소하고 다니면 바보 같다는 것을.

나는 평소에 바지를 줄이지 않았다. 좀 길면 길어서 멋이 있을 거라 생각했었다. 그래서 주위를 둘러보았다. 당시만 해도 긴 바지를 질질 끌고 다니는 친구들이 꽤 많았고, 나도 그중의 하나였다. 어차피 나는 나를 볼 수 없었다. 그래서 공부 잘하는 친구 중에 바지를 끌고 다니는 친구를 찾아보았다. 있었다. 근데 그 공부 잘하는 녀석이 정말 바보 같았다.

어른들은 무엇이든지 적당한 게 좋다고 한다. 아마 그 적당함이란 정확히는 알맞음을 의미할 것이다. 우리가 쓰는 문장도 그렇다. 알맞게 써야 한다. 긴 문장은 그 사람을 바보처럼 보이게 한다. 글을 읽는 사람이 외친다. "도대체, 네가 하고 싶은 말이 뭐냐고? 이 바보야!"

주어는 생략할 수 있다

국어 문법의 순서상 주어는 보통 맨 앞에 온다. 즉, 문장의 주인이다. 그런데 주어를 매번 친절하게 사용할 필요는 없다. 왜 가끔 여자들 중에 자기 이름을 스스로 부르는 친구들이 있다. "영희는요, 지금 배가 고파요." "수진이는요, 이 옷이 사고 싶어요."

이런 아이들이 현실에서 존재하는 인물인지 모르겠다. 가끔 영화나 드라마에서 바보나 4차원 캐릭터로 등장하는 인물이 이렇게 설정된다. 그런데 이런 문장이 중고생의 글에서 자주 보인다. 그것도 자신의 진로를 결정하는 자기소개서에.

> 예　내가 영어에서 가장 자신 있는 분야는 독해이다. 나는 영어에서 독해를
> 할 때에는 처음 보는 문장 하나하나를 내가 해석해 나간다는 게 재밌고
> 흥미로워서 더욱 열심히 하게 돼서 잘하게 되었다.

　영어와 국어의 차이 중 하나가 주어다. 영어는 주어를 생략하면 안된다. 주어를 생략하는 순간 문장이 완성되지 않는다. 하지만 국어는 다르다. 국어에서는 생략해도 주어가 무엇인지 알 수 있으면 충분히 생략할 수 있다.

　위의 예문에서 '내가 영어에서 가장 자신 있는 분야는 독해이다'라는 문장은 어떻게 보이는가? 글 쓴 학생은 자신 있는 분야를 말하고 싶었을 것이다. 강조하고 싶었을 것이다. 그런데 '내가'를 빼버리면 문장이 안 되는가? 그렇지 않다. 게다가 '자신 있는'이라는 부분이 '나'임을 말해 준다.

　두 번째 문장에 있는 '영어에서'를 빼보자. 앞 문장에서 이미 영어에서 독해를 한다고 설명했다. 그럼 다음 문장에서는 '독해'만 있어도 의미가 왜곡되지 않는다. 두 번째 문장 맨 앞에 있는 '나는'도 불필요하다. 제거해야 한다. 중간에 보이는 '내가'도 마찬가지다. 문장 중간에 '내가'를 넣어서 글이 길어졌다. 사실 두 번째 문장은 고칠 게 한두 가

지가 아니다. 문장도 분명치 않고 전달하려는 의미도 모호하다. 여기서는 주어에 한정해서 교정하겠다.

 가장 자신 있는 분야는 독해이다. 처음 보는 문장 하나하나를 해석하는 게 재밌고 흥미로웠다. 그래서 독해를 더욱 열심히 하게 되었고 잘하게 되었다.

〈교정〉의 두 번째 문장은 앞문장의 '독해'를 이어받았다. 앞에서 자신 있는 분야가 독해라고 밝히고 다음 문장에서 독해가 어떤 느낌인지를 바로 설명했다. 그 다음 문장은 독해에 대한 느낌을 '원인'(두 번째 문장)으로 하여 독해를 잘하게 된 '결과'(세 번째 문장)를 만들었다. 이렇게 글을 구성하면 단문이지만 연결고리가 자연스럽게 형성된다.

물론 첫 문장에서 '내가'를 집어넣으면 단호한 느낌이 든다. 좀 더 강조되는 느낌도 든다. 하지만 소리 내어서 읽어 보자. '내가'를 집어넣으면 '독해'를 말할 때 힘이 빠진다.

다음 문장을 보자.

 나는 영어 실력 향상을 위해서 영어 문장 구조를 소리를 내서 익히는 것이 중요하다고 생각한다. 왜냐하면 아무리 내가 눈으로 보고 익힌다 하여도 쓸 줄 모른다면 소용없는 것이기 때문에 소리를 내서 익힘으로써 완전히 자신의 것으로 만들 수 있다고 생각한다.

언제부터인지 한국 사람들은 영어식 표현에 익숙해져 있다. 특히 'I think~'로 시작하는 표현을 한글로 번역해서 쓴다. 이 〈예문〉의 첫 문장도 영어를 번역해 놓은 듯하다. 영어식 표현으로 글을 쓰면 어릴 때부터 국어 대신에 영어 공부만 한 것으로 볼 수 있다. 물론 그렇다면 면접관이 글쓴이의 영어 실력에 기대를 가질 수도 있지만, 국어를 잘 못하는 사람으로 생각할 확률이 더 높다.

 영어 실력 향상을 위해서는 영어 문장 구조를 소리 내서 익히는 것이 중요하다. 왜냐하면 아무리 눈으로 보고 익혀도 쓸 줄 모른다면 소용없는 것이기 때문이다. 소리를 내서 익히면 완전히 자신의 것으로 만들 수 있다.

〈교정 1〉에서는 문장의 숫자를 늘렸다. 쓸데없는 곳에 아끼지 말아야 한다. 그리고 첫 번째 문장의 영어식 표현을 삭제했다. 두 번째 문장에서도 반복을 줄였다. '내가', '자신이'를 생략했다. 마지막 문장은 앞 문장과의 흐름을 생각해서 〈예시〉의 '익힘으로써'를 '익히면'으로 교정했다. 이런 사소한 차이가 글의 힘과 이해도의 차이를 만든다.

누구나 알 수 있는 것을 아는 체하지 말자.

잘난 체하는 사람을 좋아하기는 쉽지 않다. 최소한 정말 잘난 점이 있어서 그러면 재수는 없지만 그러려니 한다. 하지만 잘나지 않은 사람이 잘난 체를 하면, 생각하게 된다. '나를 바보로 아는가?'

문장에서도 마찬가지다. 누구나 아는 사실을 반복해서 말하면 읽는 사람의 입장에서는 짜증이 난다. 〈교정 1〉에서 첫 번째 문장을 보자. '영어'라는 단어가 두 번 등장했다. '영어 실력 향상'에서 한 번 등장하고 '영어 문장 구조'에서 한 번 등장한다. 그렇다면 최소한 '문장 구조' 앞의 '영어'는 삭제해도 된다. 만약 앞 문장에서 영어에 관하여 말하고 있다면 '영어'라는 단어를 모두 삭제해도 된다.

 영어 실력 향상을 위해서는 문장 구조를 소리 내서 익히는 것이 중요하다. 왜냐하면 아무리 눈으로 보고 익혀도 쓸 줄 모른다면 소용없는 것이기 때문이다. 소리를 내서 익힘으로써 완전히 자신의 것으로 만들 수 있다.

한 가지 짚고 넘어갈 점이 있다. 위 〈교정 2〉의 문장에서 '것'이라는 글자를 문장마다 사용하였다. '것'이라는 글자에 집중하고 읽으면 '~것, ~것, ~것' 하는 느낌이다. 이렇게 '것'이라는 글자를 자주 사용하면 힘이 빠진다. 직접적으로 이야기하는 느낌이 없다. 글쓴이가 한 발짝 뒤로 물러선 느낌이다. 사실 문장에서 '것'이라는 글자는 쉽게 사용된다. 그러나 너무 자주 사용하면 문장 자체가 맥이 빠진다. 고쳐보자.

교정 3
영어 실력 향상을 위해서는 문장 구조를 소리 내서 익히는 게 중요하다. 왜냐하면 아무리 눈으로 보고 익혀도 쓸 줄 모른다면 소용없기 때문이다. 소리를 내서 익힘으로써 완전히 자신의 것으로 만들 수 있다.

이 정도로 고치면 전 문장과 비교해보았을 때 좀 더 강한 어조로 이야기하는 느낌이다. 문장에 힘이 담긴다.

다음 문장을 고쳐보자. 자기소개서에 사용된 문장이다.

예 내 장래희망은 국회의원인데 국회의원은 국민들을 위해 법을 만드는 공무원이니 내가 국회의원이 된다면 장애인들을 위한 법을 만들어서 장애인들이 생활하기 편하게 만들 것이다.

참 길다. 같은 단어도 반복된다. 혹시 영어 수업 시간에 들어보았는가? 영어에서는 똑같은 단어를 반복해서 사용하지 않는다고 설명한다. 한글에서는 예외일까? 아니다. 문법적으로 틀리지 않았지만 우리도 반복하지 않는다. 반복은 지루함의 원천이다. 엄마의 잔소리처럼.

교정 국회의원이 되고 싶다. 법을 만드는 국회의원이 된다면 장애인의 생활을 편하게 하는 법을 만들고 싶다.

'무엇이 되고 싶다'라고 말하면 주어는 당연히 말하는 사람이다. 처음 등장하는 '내'를 삭제했다. 그리고 이어지는 문장에서 같은 말을 주저리주저리 반복하는 느낌은 교정한 바와 같이 줄여야지만 힘이 생긴다. 그래야 자신의 의지를 표현할 수 있다. 자신의 꿈을 설명하는데 명확성이 떨어지면 꿈이 명확하지 않게 된다.

공무원도 삭제했다. 국회의원이 공무원인 것은 모두 안다. 그리고 국회의원이 공무원인지 아닌지는 중요하지 않다. 한 걸음 더 나아간다면 두 번째 문장의 '법을 만드는' 부분도 삭제해야 한다. 국회의원이 싸움만 하는 직업이라고 생각하는 사람은 TV에서 국회의원을 본 유치원생뿐이다. 유치원생을 비하할 의도는 없다.

모르면 길어진다

정확히 알지 못하는 개념을 설명할 때 말이 길어지는 경향이 있다. 그에 반해 잘 알고 있는 분야는 간략하게 설명할 수 있다.

위에서 나온 국회의원도 비슷하다. 국회의원은 입법부에 속하여 법을 만든다. 가장 보편적으로 알려진 국회의원의 역할이다. 그런데 좀 더 엄밀히 따져보면 국회의원의 가장 큰 역할은 정부를 감시하는 것이다. 가령 국정감사, 국정조사, 청문회 등으로 정부의 잘못된 점을 지적

한다. 그리고 입법 측면에서 보자면 행정입법이 70~80퍼센트 정도 된다. 즉, 행정부가 법을 제출해서 국회가 통과만 시키는 비율이다.

글쓰기가 그렇다. 길게 쓰면 친절하지도 않고 똑똑해 보이지도 않는다. 짧은 문장으로 설명하는 것이 어렵지 그 반대는 어렵지 않다. 줄여보자. 물론 너무 심하게 줄이면 문장 의미 전달에 문제가 있을 수 있다. 하지만 일반적인 중고생의 문제는 짧아서 문제가 되지는 않는다. 모두 길어서 문제이다. 줄이는 연습을 해보자. 줄일 수 있어야 늘릴 수 있다.

과하면 부족한 것보다 못하다

부족한 듯 사용해라

"부자 되세요!"라는 말이 유행했었다. 누구나 부자가 되고 싶었지만 함부로 입에 올리지 못했던 말이라서 그랬을까? 한 광고에서 시작된 말이 전국으로 퍼졌으니 돈이 인생에서 최고임을 입증한 듯했다.

그런데 이 말에 모두 동의한 것은 아니다. 《무소유》라는 책으로 알려진 법정 스님이 있다. 평소 삶과 말이 일치하는 몇 안 되는 분이었다. 스님의 책에는 그런 말이 있다. '세상에는 부자가 되고 싶지 않은 사람이 있다.' 처음엔 이해할 수 없었다. 거짓말 아닐까, 의심도 들었다. 부자를 싫어하는 사람은 많이 보았어도 부자가 되고 싶지 않다는 사람은 아직 보지 못했다.

언론에서는 점점 법정 스님을 주목했다. 평소 쓰신 글과 법회는 많은 이의 가슴을 움직였다. 나 역시 궁금했다. 정말일까. 무소유가 삶을 아름답게 할까? 스님의 무소유는 아무것도 없음이 아니었다. 과유불급(過猶不及). '지나침은 부족함과 같다'라는 의미였다. 마음의 욕심을 조금 버리고 부족함에 아쉬워하지 않는 것. 이런 자세를 말씀하신 듯하다.

글쓰기도 다르지 않다. 우리의 인생과 닮아 있다. 지나쳐서 좋기보다는 부족해서 좋을 때가 더 많다. 글쓰기에서도 항상 지나침이 문제가 된다.

과하게 꾸며주면 안 꾸며주는 것보다 못하다

다음의 문장을 보자. 그 문장이 하고자 하는 말이 분명한지 살펴보자.

 인류 역사상 가장 참혹한 전쟁이었던 제2차 세계대전은 수많은 정신적 부상자를 발생시켰고, 이는 임상심리학의 발달을 초래했다.

예문에서 눈에 띄는 것이 제2차 세계대전인가? 아니면 임상심리학의 발달인가? 전달하려는 의도는 알 수 있다. 전쟁이 인간에게 미친 영향, 그중 임상심리학이라는 학문에 미친 영향을 말하고 싶어 하는 듯하다. 그런데 문장이 강조하는 것은 제2차 세계대전의 참혹상이다. 임상심리학이 전쟁으로 발달했다는 점을 강조하려 했다는 것은 추측만 된다.

글쓴이는 이어지는 문장에서 임상심리학과에 지원한다고 밝힌다. 자신의 지원동기를 밝히기 위해서 임상심리학을 설명한 것이다. 하지만 제2차 세계대전의 참혹상을 부과시키고 임상심리학과에 지원하니 좀 김이 빠진다. 이러한 이유는 간단하다. 바로 문장의 균형이 맞지 않기 때문이다.

무언가를 꾸며주는 것은 그 의미를 강조하기 위해서다. 어떤 단어를 꾸며주면 그 단어의 길이는 길어진다. 읽는 사람은 오랫동안 그 단어를 보게 된다. 즉, 꾸밈을 받는 단어를 뒤에 보게 되므로 의미를 생각하게 된다. 그러나 함부로 꾸밈을 남발하면 주의가 산만해진다. 검은색 도화지 위에 있는 하나의 흰 점은 강조된다. 하지만 이곳저곳에 흰 점이 많이 있으면 시선이 분산될 수밖에 없다. 집중이 안 된다.

 제2차 세계대전은 많은 정신적 부상자를 발생시켰고 그들을 치료하기 위해 임상심리학이 발달했다.

제2차 세계대전 앞에 있는 단어들을 삭제했다. 하고 싶은 말은 임상심리학의 발달이지 전쟁의 참혹상이 아니다. 그리고 임상심리학이 발달한 원인을 분명히 해주었다. 정신적 부상자가 존재해서 임상심리학이 발달한 것이 아니라 그들을 치료하기 위해 발달했다. 강조하고 싶은 말은 분명히 써주어야 한다.

'발달을 초래했다'는 문장도 줄였다. '초래하다'는 어떤 결과를 가져온다는 뜻이다. 그런데 원문에서는 어떤 이유나 설명 없이 초래했다고 한다. 정확하지 않은 문장이다. 교정한 문장처럼 '치료하기 위해'라는 이유를 써주어야 한다. 하지만 이유를 써 주면 '초래하다'라는 중복이 된다. 단순하게 '발달했다'로 마무리하는 것이 힘 있는 문장이다.

다음의 문장도 살펴보자. 아프리카 봉사활동을 다녀온 학생이 쓴 문장이다.

> 예 우리나라와 같은 선진국에서는 갓 태어난 아기들이 있기 좋은 최적의 환경에서 자라지만 그들의 나라에서는 좋은 환경은커녕 따뜻하게 할 담요조차 없어 많은 수의 신생아들이 밤과 낮의 일교차 차이를 견디지 못하고 죽는다고 한다.

글을 쓴 학생의 의도는 알겠다. 아프리카의 불행한 현실을 이야기하고 싶었을 것이다. 가난한 나라 아프리카에서는 갓 태어난 아기들도 생명을 보장받지 못하는 현실. 그것을 전달하고 싶었을 것이다.

그런데 문장이 분명해 보이지 않는다. 무언가 길게 말을 하지만 아프리카의 비참한 현실을 말하는 문장인지, 무슨 말인지 당최 모르겠다. 조금 수정해보자. 불필요한 말들을 삭제해보겠다.

 선진국에서는 갓 태어난 아기들이 최적의 환경에서 자란다. 그러나 아프리카에서는 따뜻하게 할 담요조차 없다. 많은 수의 신생아들이 일교차를 견디지 못하고 죽는다.

문장을 나누고 불필요하게 수식된 말들을 지웠다. 우선 문장을 나누니 전달력이 높아졌다. 상황 묘사도 마찬가지다. 비참한 현실이든 풍요로운 과거든 이해시켜야 한다. 읽는 사람에게 비참한지 풍요로운지 이해시키지 못한다면 그 느낌을 전달할 수 없다. 이해는 집중할 수 있게 해주는 기본전제이다. 배우가 감정몰입을 하려면 집중해야 하지 않나. 마찬가지다. 독자를 어떤 상황에 깊숙이 끌어들이려면 우선 글에 집중하게 해야 한다.

'우리나라와 같은 선진국'에서 '우리나라와 같은'을 삭제했다. 우리나라가 선진국인지 아닌지는 불분명하다. 우리나라를 홍보하는 것이 아니라면 확실한 것만 얘기하자. 과도한 애국심은 금물이다.

'좋은 최적의'에서 '좋은'도 삭제했다. 겹친다. 이미 '최적의'에서 '좋은'의 의미가 포함되어 있다. '그들의 나라에서 좋은 환경은커녕'도 과감히 삭제했다. 앞 문장의 반복이다. 앞 문장에서 좋은 환경에 대해 설명했으니 굳이 그 말을 다시 꺼내 문장을 길게 할 필요는 없다. 게다가 앞 문장과 반대되는 상황을 설명하고 있으므로 좋은 환경이 아니라는 말을 다시 할 필요가 없다. '밤과 낮의 일교차 차이'도 의미의 중복이다. '일교차'라는 낱말의 뜻이 밤과 낮의 온도차를 말한다. 굳이 '밤과 낮, 차이'를 써주는 것은 불필요하다.

이러한 글을 보면 안타깝다. 분명 개인에게는 소중한 경험이었을 것이다. 보람도 있었을 것이고 고생도 했을 것이다. 왜 자신이 가진 소중한 것을 함부로 다루는가? 글쓰기의 문제다. 아무리 좋은 경험을 말해도 전달이 잘못되면 진정성을 의심받는다. 앞의 예문이 그렇다. 글이 산만해서 아프리카를 머리로만 갔다 온 것 같다.

과도한 수식은 몰입을 방해한다. 앞서 말했듯이 수식해주면 강조하게 된다. 한 문장에서 너무 많은 강조를 하면 그것은 강조가 아니다. 정신만 어지럽다.

접속어를 남발하지 마라

문장 성분 중에 접속어라고 있다. 단어와 단어를 연결해주거나 문장과 문장을 연결해준다. 이음말이라고도 하는데 '그리고, 그러나, 그런데, 그러므로, 곧, 즉, 이를테면, 다시 말하면, 왜냐하면' 등이다.

이런 이음말은 논리적인 글에서는 빠질 수 없다. 논리적인 글에서는 전제가 있고 그것을 바탕으로 주장을 한다. 특히 그 주장의 근거를 대기 위해서는 접속어가 필요하다.

세상에 장점만 있는 물건이 어디 있을까? 접속어도 마찬가지이다. 접속어는 논리적인 글에 필수적이다. 문제는 남용이다. 글이 딱딱해지고 맛이 없어진다.

그렇다면, 접속어를 많이 사용하는 이유는 무엇일까? 아마도 문장을 접속어로 연결해서 매끄러운 글을 쓰고 싶어서 일 듯하다. 그런데 이것도 과유불급이다. 매끄럽기 위해 너무 많이 사용하면 딱딱해진다. 문장이 지루해진다. 이 역시 글쓰기에서 적게 쓰려고 노력해야 하는 부분이다.

다음의 글을 보자.

예   양적 완화 정책은 화폐를 더 찍거나 채권을 회수하는 방법으로 시행되며 이렇게 위안화의 가치가 상승하게 되면 예를 들어 100위안=1달러였던 것이 99위안=1달러가 되는 것이다. 이러면 수입하는 데 이득이 될 수도 있지만 중국은 수출에 의존하므로 타격이 크다.

그런데 벤 버냉키 미국 연방 준비제도 이사회 의장은 올해 중반 양적 완화를 점차 감소시킬 것이고 아예 그만둘 수도 있다고 밝혔다. 왜냐하면 올해 미국의 경제성장이 조금씩 살아날 기미를 보이고 있어서다.

중고생의 글치고는 쉬워 보이지 않는다. 양적 완화의 개념을 설명하고 나아가 양적 완화 축소에 따른 결과도 예측한다. 이렇게 어려운 개념을 설명할 때는 더욱더 주의해야 한다. 문장이 길어지면 정말 횡설수설로 보인다.

첫 문장을 분석해보면 양적 완화의 개념, 그에 따른 위안화 가치의 상승 그리고 위안화 가치가 어떻게 상승하는지 보여 주고 있다. 한 문장에 너무 많은 내용을 담으려고 했다.

우선 양적 완화의 개념부터 문제가 된다. 글쓴이는 양적 완화 정책의 정의를 알려주려고 한 듯하나, 시행 방법만 나열했다. 그리고 '이렇게'로 이어준다. 다음 내용은 양적 완화의 결과로 위안화 가치가 상승하게 된다고 한다. 문장 마지막에서는 '예를 들어'로 위안화 가치의 상승을 설명한다. 한 문장에 이어서 설명할 것이 아니라 개별 문장으로 써야 한다. 그다음 문장에서의 '이러면'도 글을 늘어지게 한다.

또 문단을 바꾸면서 '그런데'를 사용하고 마지막 문장 앞에서 '왜냐하면'으로 이어주었다. 문단을 바꾼다는 뜻은 다른 내용을 담겠다는 것이다. 굳이 사용할 필요가 없다. '왜냐하면'도 불필요한 이음말처럼 보인다. 맨 마지막 문장 내용에서 양적 완화 축소의 원인을 설명해주기 때문이다.

양적 완화 정책은 화폐를 더 찍거나 회수하는 방법으로 시행된다. 위안화의 가치는 그로 인해 상승한다. 100위안=1달러였던 것이 99위안=1달러로 되는 것이다. 분명 수입하는 데 이득이 될 수도 있지만 중국은 수출에 의존하므로 타격이 커진다.

벤 버냉키 미국 연방 준비제도 이사회 의장은 올해 중반 양적 완화를 점차 감소시킬 것이고 아예 그만둘 수도 있다고 밝혔다. 올해 미국의 경제 시장이 조금씩 살아날 기미를 보이고 있어서다.

이음말을 모두 뺐다. 문장도 조금 다듬었다. 전보다는 문장이 분명해졌다. 하지만 첫 번째 문단은 아직 분명치 않다. 양적 완화의 개념에 대한 설명이 충분치 못하다. 미국의 양적 완화가 위안화의 가치를 상승시킨다는 내용을 한 문장으로 설명하기가 쉽지 않기 때문이다.

두 번째 문단은 전보다 간결해졌다. 이음말이 없음에도 읽는 데 어려움은 없다. 이음말을 남발하면 길어진다. 특히 어려운 내용을 설명하는데 문장이 길어진다는 것은 글 쓰는 사람이 잘 모르는 것은 아닌가 하는 의심을 들게 한다.

처음부터 이음말 없이 쓰기는 쉽지 않다. 글을 잘 쓰는 사람일수록 이음말을 적게 쓰려고 한다. 대신 문장과 문장의 의미만으로 글을 이어간다. 물론 글쓰기에 익숙하지 않은 사람이 이음말 없이 글쓰기를 한다면 오히려 더 나쁜 글이 될 수도 있다. 최소한만 하자. 그래야지 '그러나' 같은 이음말로 자신의 주장을 강조할 수 있다.

'그런데'와 '그러나'의 차이

참고로 '그런데'와 '그러나'의 차이를 보겠다. 사실 이 둘은 구별 없이 사용되며, 앞 문장과 다른 내용이면 남용하는 경향이 있다. 정확히 보자면, '그런데'는 앞 문장을 전환할 때 사용한다. 그에 반해 '그러나'는 앞 문장과 대립하는 문장이 올 때 사용한다.

예 1 돈으로는 모든 것을 살 수 있다. (그런데) 사랑도 살 수 있을까?

예 2 클린턴은 좋은 대통령이었다. (그러나) 그는 스캔들로 이미지를 망쳤다.

'예 1'의 문장에 '그러나'가 들어가면 어색하다. 내용이 전환되므로 '그런데'를 써야 한다. 그에 반해 '예 2'의 문장은 앞의 내용과 반대된다. '그런데'가 아닌 '그러나'를 사용해야 한다.

사실 '그런데'와 '그러나'를 동시에 쓸 수 있는 경우도 많다. 혼용되는 이유다. 말의 느낌으로 구별하면 '그런데'는 꺾기는 하지만 약하게 꺾는 느낌이고, '그러나'는 강하게 꺾는 느낌이다. '그런데'는 전환을 해주기 때문에 뒤 문장에서 많은 내용을 이야기할 것 같다. 그에 반해 '그러나'는 앞 문장만 반박할 것 같은 느낌이다.

이 정도로 구별하면 되겠다.

중용(中庸)은 어렵다!

지금까지 지나치지 말라고 강조했다. 과하게 꾸며주지 말고 이음말을 과하게 사용하지 말라고 했다. 하지만 전혀 꾸며주지 않거나 전혀 이음말을 사용하지 않는 것도 안 된다. 이쯤 되면 "도대체 어쩌라고?"라는 말이 나올 법하다.

다음을 보자. 신문 기사에 나온 문장이다.

유럽과 중국에서의 정책 전환은 더 큰 혼란을 촉발할 수 있다.

이 문장은 큰 문제가 없다. 하지만 조금 밋밋하다. 혼란을 강조해 보자.

 유럽과 중국에서의 정책 전환은 더 큰 혼란을 촉발하는 방아쇠가 될 수 있다.

'방아쇠'를 추가했더니 촉발이 강조되었다. 자연스럽게 그 촉발은 혼란을 강조한다. 문장 전체가 생동감이 있다. 어떤 단어를 꾸며주면 문장이 생동감이 넘칠 수 있다. 위에서는 명사인 '방아쇠'를 넣고 '촉발 하는'으로 꾸며주게 하였다. 하지만 과도한 생동감은 정신을 혼란스 럽게 한다. 주의해야 한다. 그래서 뭐든지 적당히 해야 한다. 넘치게 사용할 바엔 부족한 게 낫다. 꾸며주는 말은 자신이 강조하고 싶은 상황에서 사용하면 된다. 그리고 이음말은 필요할 때 분명히 써주어 야 한다. 다만 아무 생각 없이 남용하지 말자는 것이다.

처음에는 어렵다. 첫 술에 배부를 수 있겠는가? 그래도 최소한 과도 한 수식어나 이음말의 무자비한 사용이 문장에서 보인다면 성공이다. 볼 수 있어야 고칠 수 있지 않겠는가?

끝이 좋으면 다 좋다

오락실의 추억

　내 중학생 때 모습이다. 머리는 스포츠였고 교복은 꼬질꼬질했다. 당연히 공부보다는 노는 게 더 좋았다. 당연하지 않은가? 가끔은 아이들에게 공부하라고 잔소리하는 부모를 보면서 묻고 싶어진다. "공부하기 좋아하셨던가요?"

　중학교 때 나의 최대 재미는 오락실이었다. 지금으로 치면 PC방이다. 시간은 모든 것을 변하게 만들지 않는가? 하지만 그렇지 않은 것도 있는 듯하다. 바로 엄마들이 고민하는 소리이다. 게임에 빠져버린

아이를 통제하지 못해 안절부절 못한다. 다만 아이가 가는 곳이 오락실에서 PC방으로 달라져 있을 뿐, 모든 것이 그때와 똑같다.

어쨌든 나는 오락실을 갔다. 당당히? 아니다. 당연히 몰래 갔다. 특히 가장 스릴 넘쳤던 것은 중간고사 전날 가기다. 왠지 시험공부만 하면 오락실의 유혹을 뿌리칠 수 없었다. 사실 뿌리칠 생각이 있지도 않았다.

문제는 항상 시험이 끝난 후 시작되었다. 힘든 중간고사를 끝내고 놀 만하면 성적표가 나왔다. 특히 성적표 나오기 전날은 불안, 공포가 덮쳐왔다. 하지만 죽으라는 법은 없었다. 하늘이 무너져도 솟아날 구멍은 있다고 하지 않는가. 다행히 나에게는 대비책이 있었다. 그 비장의 무기는 바로 기도하기였다.

누구에게 기도했는지는 모르겠다. 부처님에게도 좀 하고 하느님에게도 좀 하고. 정말 열심히 했다. 손이 발이 되도록. "이번만 봐주세요. 중간고사 성적이 너무 나쁘지 않으면 성당이든 교회든 절이든 열심히 다닐게요."

결과는 어땠을까? 지금 나는 어떤 종교도 믿지 않는다. 성적표가 나온 후 힘든 날들을 보냈었다. 집은 안전이 보장되지 않는 곳이었다. 어쩌겠는가? 살 만한 곳으로 만들어야지. 공부를 했다. 오락실을 끊지는 않았다. 대신 줄였다. 정말 힘들게.

중간고사를 망친 후 열심히 공부했다. 기말고사를 잘 보고 싶었다.

한 한달 열심히 한 거 같았다. 그러자 놀라운 일이 발생했다. 그렇게 공부를 했더니 시험 전날 왠지 다 아는 것 같았다. 영어도 자신 있었고, 수학도 자신 있었다. 물론 오락실도 안 갔다. 시험 전날 공부할 게 없어서 한 시간 간 것 빼고는.

그렇게 기말고사를 끝내고 태어나서 처음으로 불안과 공포가 아닌 희망과 환희를 기대하며 성적표를 기다렸다. 근데 이 불안한 느낌은 뭐지? 이런 느낌은 틀리지 않는데…….

성적은 조금 나아지긴 했으나 비슷했다. 뭐가 문제였을까? 그렇게 열심히 했는데 성적이 이 모양이라니. 나는 고민했다. 답을 얻을 때까지 고민했다. 그리고 깨달았다. 바로 시험 전날이 문제라는 것을.

그랬다. 기말고사를 보는데 뭔가 찜찜했다. 분명 공부를 하긴 했는데 정확히 기억이 나지 않았다. 아마도 시험 전날 다 아는 줄 알고 대충 대충 한 게 원인인듯 했다. 마무리를 잘 하지 못한 것이다. 끝이 좋아야 모든 것이 좋은데. 그 마지막이 문제였다.

서론이 길었다. 글쓰기 이야기에 오락실 가서 시험 망친 이야기가 웬 말인가. 그런데 그때 얻은 교훈은 살면서 두고두고 돌아보게 된다. 특히 글쓰기 공부하면서도 마찬가지다. 글도 마무리를 못 해서 망치는 경우가 많다.

문장도 마지막이 중요하다. 문장의 마지막에는 보통 무엇이 오는가? 바로 서술어이다. 문장의 주인공인 주어를 풀어서 설명해준다. 그런데 가끔 주인공인 주어를 잘못 설명해준다. 주인공을 잘못 찾은 것이다. 마무리를 잘못 하면 나처럼 헛고생을 한다. 한 달 전부터 고생고생해서 공부했다가 시험 보기 전날 오락실 가서 시험을 망치는 상황을 맞게 된다.

끝이 좋아야 모든 것이 좋다

문장이 횡설수설하는 느낌을 받는 경우 열에 아홉은 끝이 안 좋아서다. 우리나라 말은 주어와 목적어와 서술어가 있다. 영어를 배웠으면 주어와 목적어는 들어보았을 것이다. 익숙하다. 하지만 서술어는 낯설다. 왜냐하면 영어의 3형식이라는 문장구조에서 서술어에 해당하는 부분을 동사로 배우기 때문이다.

주어는 문장의 주인이다. 서술어는 그 주인을 보조하는 집사다. 맨 마지막에 온다. 춘향전에 나오는 이몽룡과 방자의 관계라면 이해될까? 만약 향단이가 이몽룡과 같이 다닌다면 춘향전이 아니라 향단전이 되지 않았을까?

다음 문장을 보자.

예 지금 중고생을 보고 느끼는 것은 컴퓨터 게임과 스마트폰을 너무 많이 한다.

이 문장이 어색한가? 어색함을 못 느끼는 사람도 많을 것이라 생각된다. 이몽룡과 향단이가 어색하지 않은 것처럼. 그러나 이 문장은 정확한 문장이 아니다. 문장의 주인인 주어와 문장의 짐사인 서술이가 어울리지 않는다. 서술어가 주인을 잘못 찾아간 것이다.

주어는 '느끼는 것은'이다. 그럼 서술어는 무엇일까? 문장의 맨 마지막에 온다고 했으니 '많이 한다.'가 된다. 서술어에 대해서 조금 더 설명하면 영어에서 동사에 해당한다. 동사는 사람이나 사물의 움직임을 나타내는 단어를 말한다. 결국 서술어는 주어의 움직임을 나타낸다.

그런데 위의 문장은 어떤가? 주어가 '느끼는 것'인데 서술어는 '많이 한다.'이다. 느낀 점을 이야기하려고 하면서 무언가를 많이 한다고 하니 어색하다. 이는 다음과 같이 고쳐야 한다.

 교정 지금 중고생을 보고 느끼는 것은 컴퓨터 게임과 스마트폰에 너무 많은 시간을 보낸다는 점이다.

다음은 중고생 자기소개서의 한 문장이다.

문법 점수를 올리기 위해 문법 시험에 자주 등장하는 문제인 주어 동사 수일치, 병렬관계, 수동태, 현재분사와 과거분사의 구분을 공부해 성적을 향상시켰다.

이 문장에서 주어는 생략되었다. 바로 자기소개서이기 때문에 '나'를 생략했다. 글을 쓴 학생은 자신이 문법점수를 올리기 위해 했던 노력을 적고 싶었을 것이다. 하지만 문장의 서술어는 어떻게 끝나는가? '성적을 향상시켰다'로 끝난다. 분명 주어는 공부를 스스로 했다고 썼다. 그러나 자신의 성적을 '향상시켰다.'고? 이상하지 않은가?

주어와 서술어만 보자.

문장을 요약하면 "나는 성적을 향상시켰다."가 핵심이다. '향상시키다'에서 '시키다'는 다른 사람에게 어떤 행동을 하게 함을 말한다. 위 예문에서 공부를 스스로 했는데 갑자기 유체이탈을 해서 성적을 나아지게 했다는 뜻이 된다. 선생님은 학생의 성적을 향상시킬 수 있다. 하지만 스스로 공부해서 향상시켰다는 것은 이상하다. '향상되다'라고 쓰는 게 맞다. 차라리, 그럴 바에는 '성적이 올랐다.'고 하거나, 혹은 '공부했다'를 서술어로 하고 다시 문장을 시작하는 것도 괜찮다. 교정은 문장을 두 개로 나누었다.

문법 점수를 올리기 위해 문법 시험에 자주 등장하는 문제인 주어 동사 수일치, 병렬관계, 수동태, 현재분사와 과거분사의 구분을 공부했다. 그리고 나의 성적이 향상되었다.

이 정도로 고치는 것이 알맞아 보인다. 주어와 서술어가 적절하지 않은 이유가 무엇일까? 그것은 문장의 길이에 답이 있다. 문장이 길다 보니 애초에 무슨 말을 하려고 했던지 잊어버린다. 위 예문도 비슷한 경우다. 문장의 길이가 너무 길어서 자신이 하고자 한 말은 잊어버리고 다음에 할 말을 그 문장에 그냥 이어버렸다. 그것도 서술어만 사용해서 말이다.

수비수와 미드필더를 조화시켜라

축구는 열한 명이 한다. 그 열한 명 중 한 명은 골키퍼다. 손을 사용해서 공을 잡을 수 있는 유일한 선수이다. 축구에는 포메이션이라는 말도 있다. 이는 선수들이 축구장에서 어떻게 자리를 잡고 축구시합을 할지 결정하기 위한 것이다. 최근의 축구 포메이션은 4―4―2이다. 즉, 수비수가 네 명 미드필더가 네 명이다. 미드필더는 중앙에서 활동하는 선수들을 말한다.

2002년에 우리나라는 월드컵에서 4강에 들었다. 당시 대표적인 선수가 박지성과 홍명보였다. 박지성은 월드컵 후 히딩크 감독의 신뢰를 얻어 네덜란드에 진출하였고 그 후 영국의 맨체스터 유나이티드에 입단했다. 홍명보는 한국이 자랑하는 수비수였다. 축구 잘하기로 유명한 이탈리아도 홍명보의 수비력을 극찬했다.

2002년도에 우리가 월드컵 4강에 갈 수 있었던 비결은 무엇일까? 전문가들은 이야기한다. "대한민국은 개인기가 뛰어난 팀이 아니다. 하지만 2002년도 한국은 엄청난 조직력을 갖춘 팀이다. 특히 미드필더와 수비수의 조직력이 좋았다."

축구 이야기를 한 것은 문장에도 미드필더와 수비수가 있기 때문이다. 미드필더는 중간에 있으므로 문장 중간에 있는 목적어와 비슷하다. 수비수는 마지막에 있으므로 서술어에 해당한다. 축구에서도 이둘의 조화가 중요하듯 문장도 마찬가지다. 목적어와 서술어가 어울리지 않으면 문장은 애매해진다.

다음 문장을 보자.

 황사바람은 중국이 숲을 파괴하고 도로와 고층건물을 지었기 때문이다.

특별히 이상함을 느낄 수 없다. 우리가 일상적으로 사용하는 문장이다. 하지만 고층건물을 지을 수 있지만 도로도 지을 수 있을까? 도로를 짓는다고는 하지 않는다. 보통 도로는 '건설하다, 내다, 만들다'를 사용한다. 다음과 같이 고쳐보자.

 황사바람은 중국이 숲을 파괴하고 도로와 고층건물을 건설했기 때문이다.

도로에 새로운 서술어를 써줄 수도 있다. 의미가 분명해질 수 있다. 하지만 문장이 길어지는 느낌이다. 그래서 공통으로 사용할 수 있는 '건설하다'를 사용했다.

다음은 자기소개서에 있는 문장이다.

 틀린 문제들은 포스트잇을 사용해서 오답노트를 하면서 완벽을 다졌다.

이상하지 않은가? 우선 글 쓴 학생의 의도를 파악해 보자. 학생은 틀린 문제들을 포스트잇으로 오답노트에 적었다는 의도 같다. 그러고 나서 자신의 단점을 보완하여 완벽을 다졌다고 말하고 싶은 듯하다. 일종의 원인과 결과가 있는 문장이다.

문제가 되는 부분은 '오답노트를 하다.'이다. 불분명하다. 보통 '오답노트를 만들다.'고 하거나 '오답노트를 사용하다.'고 한다. 컴퓨터 같은 작동을 시키는 물건은 능동적인 표현인 '하다'를 사용할 수 있다. 하지만 '노트'는 직접 움직일 수 있는 물건이 아니다. '하다'와 어울리지 않는다.

글 쓴 학생은 '오답노트'를 사용한 것이 아니라 만들고 있다. 오답노트를 만들기 위해 '포스트잇'을 사용했을 뿐이다. 차라리 그냥 '오답노트에 적었다.'고 하는 표현이 적절하다.

'~오답노트를 하면서 완벽을 다졌다.'도 너무 길다. 완벽을 다지는 수단이 포스트잇을 이용한 오답노트이고, 그 결과로 인하여 완벽을 다지게 되었다. 원인과 결과를 나누어 주는 것이 좋다. 그렇게 해야 분명해진다.

 틀린 문제들은 포스트잇을 사용하여 오답노트에 적었다. 그것을 바탕으로 완벽을 다졌다.

목적어와 서술어의 호응은 무엇보다도 중요하다. 잘 못하면 문장 전체의 의미를 다르게 만든다. 축구에서 미드필더와 수비수가 적절히 호응하지 못하면 팀이 무너지듯 문장도 무너질 수 있다.

짧게 쓰기를 강조하는 이유

문장을 길게 쓰면 힘 있는 문장이 안 된다. 짧게 쓰기를 강조하는 이유이다.

문장을 길게 만들려면 수식어가 많아지거나 주어와 서술어의 거리가 멀어야 한다. 수식어는 조미료와 같아서 적당해야지 글을 맛있게 한다. 너무 과하면 문장 고유의 맛은 사라지고 수식어만 남는다. 주어와 서술어의 거리도 문제다. 길면 길수록 읽는 사람에게는 딴생각할 시간이 많아진다. 짧게 하자.

짧은 문장의 장점은 실수를 줄일 수 있다. 글쓰기에 익숙하지 않은 사람의 특징은 긴 문장을 좋아한다. 여러 가지 생각을 한 문장에 담으려고 한다. 그러다 보니 주어와 서술어를 마음대로 호응시킨다. 문장은 곧바로 산으로 간다.

긴 문장을 싫어하는 것은 글쓰기의 전문가일수록 더하다. 《칼의 노래》라는 소설이 있다. 임진왜란 속 이순신 장군의 인간적인 모습을 담았다. 그 소설의 작가는 김훈이다. 기자 출신이고 글쟁이로 유명하다. 책은 내용도 좋지만 읽는 재미도 있다. 그 재미의 이유는 바로 짧은 문장이다. 잠시 감상해보자.

적들은 더욱 다가왔다. 일자진은 움직이지 않았다. 나는 기다렸다.

적선들에서 함성이 일었다. 적의 제1열과 제2열이 합쳐지면서, 양쪽으로 날개를 벌리기 시작했다. 적은 선두가 전투대형으로 바뀌었다. 물은 적의 편이었다. 적은 휩쓴 듯이 달려들었다. 감당할 수 없는 적의 힘이 내 몸에 느껴졌다. 나는 뼈마디가 으스러지듯이 아팠다.

—김훈,《칼의 노래》 중

전투 상황을 묘사한다. 긴박하다. 호흡이 짧아서 긴박함이 더 잘 표현된다. 왜 이렇게 느껴질까? 짧은 문장이 긴박함을 주는 것은 힘이 있어서다. 힘 있는 문장은 글 읽는 사람을 몰두하게 한다. 그리고 그 힘은 짧음에서 나온다. 물론 짧은 문장만 나열하면 자칫 단조로울 수 있다. 하지만 문장이 길어지면 지루해진다. 읽는 사람은 무슨 뜻인지 파악하느라고 마음이 혼란스럽다.

항상 문장이 길어짐을 경계하자. 오히려 긴 문장으로 사람을 지루하게 만드는 재능이 있다고 오해 받을 수 있다.

싸움은 선방이 좌우한다

싸움의 기술

남중 남고를 다녔다. 남자들만 모여서 수업 듣고 밥 먹고 운동하는 그런 곳이다. 그러다 보니 서열싸움이 있다. 누가 더 센지가 그렇게 중요했다. 자연히 아이들의 고민은 '어떻게 하면 더 강해질 수 있지?' 였다.

그러다가 발견한 영화가 하나 있다. 제목은 '싸움의 기술'이다. 제목부터 매력적이지 않나? 영화에서 주인공은 자신을 괴롭히는 친구들 때문에 힘들어한다. 남중 남고에서는 감정이입이 충분히 될 만한 내용이다. 그러다가 주인공은 우연히 싸움의 고수라 불리는 한 아저씨를 만난다. 그리고 그 아저씨한테 싸움을 배운다. 마치 숨어살던 무림의 고수에게 무술을 전수 받듯이.

싸움 잘하는 법을 전수받으려는 주인공은 묻는다. "어떻게 하면 싸움을 잘할 수 있죠?" 환호했다. 나도 묻고 싶던 질문 아닌가. 그 싸움의 고수는 자신의 제자를 지그시 바라본다. 그리고 짧게 대답한다. "선방을 날려라!"

사실 영화 '싸움의 기술'에서의 충고는 명심보감처럼 전해져 내려왔었다. "선방을 날려라!" 하지만 부담스러웠다. 그 충고를 따르자니 비겁해 보였다. 그런데 현실은 명심보감이 좋은 책이라고 말했다. 먼저 공격하는 친구들이 이기는 확률이 높았다.

힘 있는 문장을 넘어선 힘 있는 글

친구한테 돈을 빌려본 적이 있는 사람은 알 것이다. 그 어색함을. '무슨 말부터 하지?'라고 고민하게 된다.

그런데 그거 아는가? 돈을 빌리려고 온 사람은 크게 두 부류가 있다는 것을. 돈을 빌려달라고 먼저 말하는 사람과 자신의 힘든 상황을 먼저 말하는 사람이 있다. 그럼 누가 더 돈을 잘 빌릴 수 있을까? 정답은 돈을 먼저 빌려달라고 말한 사람이다.

돈을 빌리러 온 사람이 하고 싶어 하는 말은 오직 하나다. 돈 좀 빌려달라고. 구차하게 왜 빌려야 하는지 말하고 싶지 않다. 하지만 돈을 빌려주는 사람은 다르다. 왜 그 사람이 돈이 필요한지 알고 싶다. 정말 필요한 경우에만 빌려주고 싶은 것이다.

먼저 자신이 힘든 상황을 설명하면 조금 뜬금없다. '갑자기 왜 이런 얘기를 나에게 하지? 혹시 나에게 돈을 빌려달라고 하는 것 아닌가?'라고 생각한다. 그러다가 돈을 빌려달라고 하면 역시 내 예상이 맞았다고 생각한다. 그러나 돈을 먼저 빌려달라고 하면 다르다. 우선 궁금해 한다. '왜 돈이 필요하지?'라는 의문을 갖는다. 그 후에, 궁금해 하면서 돈을 빌려줄지 말지를 고민한다. 돈을 빌려줄 사람도 생각할 시간을 갖게 되는 것이다.

글도 똑같다. 읽는 사람을 설득하는 과정이다. 먼저 하고 싶은 말을 하는 것이 유리하다.

다음의 문장을 보고 판단해보자.

> 예 1 우리나라도 선진국이 되었고 세계화가 진행되면서 통역의 중요성이 커졌습니다. 그래서 저는 외국어 실력을 늘리기 위해서 ○○외고에 입학하여 동시통역사가 되고 싶습니다.

무난하다. 자신의 꿈과 자신이 입학하고자 하는 동기도 분명하다. 나쁘지 않다. 보통은 이렇게 글을 쓴다. 그렇다면 다음의 문장을 보자.

 동시통역사가 되고 싶습니다. 그래서 ○○외고에 진학하여 외국어 실력을 늘리고 싶습니다. 우리나라도 선진국이 되었고 세계화가 진행되면서 통역의 중요성이 커졌습니다.

어떤 글이 더 힘이 있어 보이는가? 문장은 비슷하다. 그런데 한쪽은 느슨한 느낌이 들고 한쪽은 단단한 느낌이 있다. 차이는 크지 않다. 〈예 1〉에서는 자신이 하고 싶은 말을 맨 뒤에서 하였다. 그에 반해 〈예 2〉에서는 글의 시작부터 원하는 것을 이야기하였다. 그게 전부다.

자신의 주장을 먼저 이야기하면 글을 읽는 사람은 궁금해진다. '이 사람이 왜 이런 주장을 하지?'라고 생각한다. 이런 궁금증 유발은 글을 쓰는 사람에게도 유리하다. 질문한 사람에게 답을 알려주는 것과 궁금해 하지 않는 사람에게 무엇을 알려주는 것은 다르지 않나?

그렇다면 이번에는 그 반대를 생각해보자. 이유를 이야기하고 주장을 이야기해 보자. 당연히 듣는 사람은 주장을 듣기까지 시간이 걸린다. 집중력도 떨어지고 호기심도 생기지 않는다.

무엇을 택하겠는가? 당연히 주장을 먼저 하여야 한다.

힘 있는 글은 힘 있는 문장에서 나온다. 당연한 이야기이다. 글이 문장으로 이루어져 있으니 힘 있는 문장이 힘 있는 글이 된다. 그런데 그것이 전부일까? 문장만 힘이 넘치면 글도 힘이 넘칠까? 분명 힘 있는 문장들이 결합하면 힘 있는 글이 나올 수 있다. 하지만 힘 있는 글은 문장만으로는 부족하다. 어떤 전술을 사용할지 결정해야 한다. 바로 싸움의 기술의 필요하다. "선방을 날려라!"

메인요리는 앞에 배치된다

음식 만들기와 글쓰기가 비슷하다고 한다. 특히 좋은 음식을 만들기 위해서는 몇 가지 원칙이 있다. '좋은 재료에서 좋은 음식이 나온다.'든지 '좋은 음식은 양념이 많이 들어가지 않는다.'든지. 이런 원칙을 글쓰기에 비유해 보자.

우선 좋은 재료는 좋은 글감을 의미한다. 좋은 글감 즉, 글의 소재는 좋은 글의 필수이다. 또 양념은 글로 치면 수식어를 의미한다. 음식도 본 재료의 맛을 살려야 하듯 글도 주제가 아닌 수식어나 비유가 너무 많으면 좋은 글이 아니다.

음식 만들기는 아니지만 음식을 맛있게 하는 비유 중엔 이것도 있다.

'메인요리는 앞에 나와야 한다.'

　사람들은 '코스'요리 선택 시 메인요리를 본다. 언제나 주인공은 있는 법이다. 문제는 주인공이 언제 나오는가이다. 영화에서 주인공이 끝날 무렵에 나오는 것을 본 적이 있는가? 절대 그렇지 않다. 대부분 시작부터 등장한다.

　'코스'요리도 마찬가지이다. 주인공인 메인요리는 언제나 앞에다 배치한다. 메인요리가 뒤에 나오면 앞에 나온 요리 때문에 참맛을 알지 못한다. 이는 글도 마찬가지다. 자기가 하고 싶은 말은 앞에다 배치해야 한다. 주인공이다.

　기승전결이라고 한다. 국어 시간에 한 번쯤 들어보았을 듯하다. 글을 체계 있게 짓는 방식이다. '기'는 이야기를 시작하는 부분이고 '승'은 그것을 전개하는 부분이다. '전'은 이야기의 내용을 전환하는 부분이고 '결'은 결론을 이야기하는 부분이다. 이런 글의 구조는 소설이나 수필에 알맞다. 하지만 논술이나 실용문에는 힘이 약하다.

　다음의 구조를 보고 글을 어떻게 써야지 힘 있는 글이 되는지 고민해보자.

 요즘 초등학생에게 학원은 필수이다. 〈기:〉

학원에 안 다니면 친구가 없을 정도다. 〈승:〉

그러나 학원은 스스로 공부하는 습관을 가르쳐 주지 않는다. 〈전:〉

자기주도 학습. 그것이 아이의 미래를 위하여 필요하다. 〈결:〉

　글을 쓰는 사람은 '결' 부분에서 자신이 하고 싶은 말을 하였다. 특별히 문제가 있는 것은 아니다. 그러나 '결' 부분을 처음에 이야기하면 조금 달라진다.

자기주도 학습. 그것이 아이의 미래를 위하여 필요하다. 〈결:〉

초등학생에게 학원은 필수이다. 〈기:〉

학원에 다니지 않으면 친구가 없을 정도이지만 스스로 공부하는 습관을 오히려 망치고 있다. 〈승: 〉

　논술이나 실용문에서는 기승전결의 '전' 부분이 필요하지 않다. 물론 기승전결을 유지하면 내용이 풍성해진다. 하지만 힘이 약해진다. 특히 자기소개서에서 그렇다. 자신이 어떤 사람인지는 먼저 이야기하는 것이 좋다. 그래야지 읽는 사람이 주장을 듣고 궁금해진다.

　많은 학생이 결론은 마지막에 나와야 한다고 생각한다. 혹시 세상 사는 것에 정답이 있다고 생각하나? 그렇지 않다. 인생에 정답은 없다. 인생 사는 것에 정답을 알고 있다는 사람은 거짓말쟁이이다. 타인의 인생을 자신 마음대로 하여 어떤 이득을 얻으려는 사람이다.

글을 쓰는 것에도 정답은 없다. 결론을 마지막에 써야 한다는 편견을 버리자. 그것은 잘못된 생각이다. 물론 결론을 처음부터 이야기하는 것이 정답도 아니다. 하지만 읽는 사람의 입장에서 무엇이 더 강하게 다가오는지 고민해보자. 스스로 판단할 문제다. 최소한 정답이 있다는 생각에 자신의 생각을 고정하지 말자. 평소와 다른 일을 시도한다고 하여도 세상이 멸망하지 않는다. 경찰이 출동하지도 않는다.

자신의 무기를 다듬어라

선제공격의 중요성을 알았다고 치자. "피할 수 없는 싸움이라면 선제공격을 하리라!" 하지만 선제공격은 유리할 뿐이지 승리가 보장되지 않는다. 솜방망이 주먹으로 상대를 아무리 먼저 공격해도 이길 수 없다. 승리하려면 강한 주먹이 필요하다. 바로 강한 무기가 있어야 한다.

글쓰기에서 강한 무기는 무엇일까? 싸움의 기본이 되는 것이 무기이듯이 글쓰기의 기본은 문장이다. 강한 무기는 바로 강한 문장을 의미한다. 글의 구조가 지루해도 문장 하나하나가 살아 있으면 좋은 글이 될 수 있다. 반대로, 글의 구조는 좋지만 문장이 지루하면 그것은 지루한 글이 된다.

결론은 문장을 강하게 만들어야 한다. 그럼 어떻게 해야 강한 문장이 되는가? 문장이 강하다는 말은 내가 전달하려는 것을 잘 전달할 수 있다는 뜻이다. 읽는 사람이 오해할 수 있는 문장은 강하지 않다.

이런 오해를 피하기 위해서는 문장의 주어와 서술어를 가까이 놓아야 한다. 둘 사이가 너무 멀면 이야기가 와전된다. 가까워야 오해가 없다.

다음을 보자.

 진희는 어두운 집으로 돌아갔다.

주어는 '진희'이고 서술어는 '돌아갔다'이다. 목적어는 '집으로'인데 '어두운'으로 꾸며주었다. 특별히 문제가 있지 않다.

다음을 보자.

 진희는 힘든 몸을 이끌고 어두운 집으로 돌아갔다.

조금 길어졌다. 주어와 서술어의 거리도 멀어졌다. 진희가 돌아간 것보다 진희의 힘든 몸이 눈에 더 들어온다. 글쓴이의 의도는 무엇일까?

그럼 다음의 문장을 보자.

 진희는 붉은 태양이 지는 저녁 하늘을 바라보며 오늘도 힘든 몸을 이끌고
불어 꺼진 어둡고 쓸쓸한 집으로 돌아갔다.

글을 쓴 사람은 무엇을 말하고 싶었을까? 저녁하늘을 보여주고 싶
었을까? 아니면 진희의 힘든 몸? 또는 불이 꺼진 어둡고 쓸쓸한 집?

문장에서 가장 중요한 것은 '진희가 돌아갔다'이다. 나머지는 진희
가 돌아가는 것을 꾸며줄 뿐이다. 어떻게 꾸미느냐에 따라 기뻐서 돌
아갔는지 쓸쓸히 돌아갔는지가 달라진다. 하지만 진희는 돌아가야
한다. 문장의 핵심이다. 〈예 3〉에서는 '진희가 돌아갔다.'가 희미하
다. 그 이유는 주변이 너무 화려하기 때문이다.

과도하게 꾸며주면, 주어와 서술어의 위치도 멀어진다. 만약 꼭 수
식어를 많이 써야 한다면 주어와 서술어의 위치를 가까이해보자.

다음을 보자.

 어두운 집으로 진희는 돌아갔다.

 힘든 몸을 이끌고 어두운 집으로 진희는 돌아갔다.

붉은 태양이 지는 저녁 하늘을 바라보며 오늘도 힘든 몸을 이끌고 불이 꺼진 어둡고 쓸쓸한 집으로 진희는 돌아갔다.

주어와 서술어의 위치를 가까이 놓으면 내가 이야기하는 것이 무엇인지 분명해진다. 〈교정 3〉도 화려한 수식이지만 무엇을 말하는지는 분명한 편이다.

다음은 자기소개서에 있는 한 문장이다.

 빌 게이츠의 성공신화는 최고의 전자 산업과 첨단 산업의 메카인 실리콘밸리에서 시작되었다.

빌 게이츠의 성공신화가 주어이다. 그리고 그 성공신화의 시작을 말하고 싶다. 하지만 빌 게이츠의 성공신화보다는 실리콘밸리의 이야기가 주를 이루는 듯하다. 주어와 서술어가 너무 멀리 있다. 교정해보자.

 최고의 전자 산업과 첨단 산업의 메카인 실리콘밸리에서 빌 게이츠의 성공신화는 시작되었다.

보통 글을 쓰는 사람은 하고자 하는 말을 한 문장으로 요약하게 된다. 그 글의 핵심이 된다. 그런데 그런 핵심을 힘없이 처리하면 글 자체가 비실거린다. 사람들은 생각보다 분명하게 말해주는 것을 좋아한다. 막연히 '이렇게 이야기해도 알아듣겠지?' 하는 생각은 착각이다. 정확하게 이야기해 주어야 한다. 장미꽃을 선물하면서 '주변에 있는 안개꽃이 참 예쁘지 않냐'고 말하면 이상하지 않은가?

신문사 대장을 가르치다

제자, 꾸지람을 듣다

대한민국 3대 신문이라 하면 여전히 조선일보, 동아일보, 중앙일보이다. 이는 신문을 보는 사람의 숫자가 가장 많아서이기도 하고, 신문을 파는 회사의 크기가 가장 크기 때문이기도 하다. 물론 현실에서 이 3대 신문은 편파적인 보도로 악명이 높다.

공자의 〈논어〉에 이런 말이 있다. "세 사람이 같이 길을 가면 그중에 반드시 나의 스승 될 만한 사람이 있다.(子曰, 三人行 必有我師焉 擇其善者而從之 其不善者而改之)" 무슨 뜻이겠는가? 어떤 사람에게든지 배울 점은 있다는 뜻이다.

비록 대한민국의 3대 신문이 편파보도를 하지만 배울 점은 있다. 특히 중앙일보는 글이 좋다. 소문에 의하면 기자들의 글쓰기 훈련을 가장 많이 시킨다고 한다. 그런 중앙일보의 글쓰기 대장은 누구일까? 아마도 편집국장이다. 편집국장은 신문을 편집하는 사람이다. 즉 신문에 실린 모든 글을 검토한다. 편집국장 한마디에 기사가 되기도 하고 안 되기도 하니, 신문사의 대장이라 할 만하다. 그런 자리에 있는 사람의 글을 누가 함부로 평가하겠는가?

한 분야에서 독보적인 사람도 혼자서 그 자리에 오를 수는 없다. 반드시 스승이 있다. 큰 신문사의 편집국장이지만 처음부터 글을 잘 썼겠는가? 당연히 편집국장에게도 스승이 있었다. 특히 글쓰기 스승이 있었다.

스승과 제자의 인연은 제자가 고등학생 때 시작되었지만, 제자가 편집국장이 되어서도 이어졌다. 편집국장의 스승은 가끔 제자의 글을 찾아서 읽어보셨다. 그러다 어느 날, 스승은 손수 제자가 신문에 쓴 글을 교정하여 편지로 보내셨다.

한마디 칭찬이 있을 법 한데도 그렇지 않았다. 글은 이곳저곳이 난도질 되었다. 온갖 빨간색으로 검은색을 감기도 하고 떼어내기도 하였다. 누가 기분이 좋겠는가? 명색이 신문사 대장인데 자신의 글이 처참해지는 것이. 그런데 반전이 시작되었다.

제자의 용기

신문사 대장은 난도질당한 자신의 글을 공개했다. 바로 편집국 게시판에 '대자

보'로 자신의 글을 붙인 것이다. 기자는 글이 전부다. 자신의 글이 부정되면 그건 곧 자신이 부정된다는 뜻이다. 수많은 후배 앞에서 '편집국장'이란 이름의 권위가 추락할지도 모르는 상황이었다. 용기는 어려울 때 나오는 것인가? 신문사 대장은 두 번 더 자신의 난도질당한 글을 게시했다.

340명의 기자가 그곳을 왔다 갔다 했다. 다들 어리둥절했고 이유도 알 수 없었다. 하지만 결과는 좋았다. 기자들은 자신의 글을 되돌아보았다. 모두들 압박감을 느끼고 긴장했다. 그 신문사 대장은 이유를 설명한다. "창피해서 어디 내놓지 못할 교정쇄다. 국장이란 자가 개판 같은 글로 스승한테 질타를 당했으니 여러분도 자기 글을 추슬러 보라고 내놓았다. 의외로 기자들이 열심히 읽어 준 것 같다."

그 신문사 대장은 이장규 편집국장이었다. 자신의 스승과는 고등학교 때 담임선생님으로 인연을 맺었다. 실수는 인정할 때만 고쳐질 수 있다. 성공하는 사람은 실수가 없는 사람이 아니고, 실수를 고칠 수 있는 사람이라고 했던가. 이장규 편집국장은 거침이 없었다. 자신의 실수를 인정하는 것에 대하여.

그럼 도대체 그런 신문사 대장을 가르치는 스승은 누구란 말인가? '청출어람(靑出於藍)'이란 말이 있다. 제자는 스승을 넘어서기 마련이다. 아무리 뛰어난 능력을 가졌어도 시간 앞에서는 속수무책이다. 제자의 권위가 하늘을 찌르는데 어찌 함부로 평가할 수 있겠는가. 그러나 스승은 달랐다. 제자를 진정 아꼈다. 물론 스승의 공부가 대단하기도 했다. 그렇다면 그 스승이 누구인가?

문장론의 대가인 스승

시중에는 글쓰기 책이 많이 있다. 글쓰기를 하고 싶게 하기 위한 책부터 문장론에 관한 책까지 다양하다. 글쓰기 책을 많이 읽다 보면 좋은 책과 나쁜 책이 보인다. 어떤 책은 내 글쓰기에 도움이 되지만 어떤 책은 내 인생을 낭비하게 한다. 글쓰기 책 중 가장 좋은 평가를 받고 있는 책이 있다. 제목은《글 고치기 전략》이다. 이 책은 문장의 구조와 관련하여 무엇이 좋은 문장인지 알려준다. 사실 조금 어렵다. 중고생이 보기에는 부담스럽다. 하지만 몸에 좋은 약이 쓰다고 하지 않던가. 책을 반복해서 읽으면 읽을수록 새로운 것이 보인다.

바로 이 책의 저자가 중앙일보 편집국장의 스승이다. 장하늘 선생. 선생은 20권의 글쓰기 관련 책을 출판하셨다. 한글 문장에 대해서는 대한민국 최고의 권위자다. 특히 글로 먹고사는 사람들에게 선생은 하늘 같은 존재다.

선생은 '문장 경찰서'를 세우자고 주장한다. 무슨 뜻일까? 선생은 읽히지 않는 나쁜 문장들을 모조리 입건하자는 것이다. 그만큼 교수들의 칼럼과 기자들의 논설이 마음에 안 든다는 뜻이다. 글은 좋은데 나의 지식이 모자라서 이해되지 않는 것이 아니다. 내 지식과는 상관없이 글이 나빠서 이해 안 되는 것이다. 독자는 잘못이 없다. 선생은 이렇게 믿고 계시다.

선생은 고등학교와 대학교에서 20년 가까이 계셨다. 특히 고등학교 교사들에게도 할 말이 많다. "고등학교 교사들이 글쓰기 꾼이 돼야 해. 미국이나 일본은 글 고치지 못하는 교사는 물러나야 한다고 해. 국어 교수가 논술 교수가 돼야 하는데, 철학 교수가 논술하는 건 문제야. 문장 구조에 문제가 많아."

선생은 말을 잇는다. "글은 될 수 있으면 어릴 때부터 훈련해야 해. 나무도 마찬가지야. 어릴 때 잘 다듬지 않으면 나중엔 고쳐지지 않잖아." 대한민국은 다른 나라말인 영어는 조기교육을 못 시켜서 안달이다. 하지만 정작 자신의 모국어인 국어는 경시한다. 그중 글쓰기는 더욱 멀리한다. 이런 상황을 아파한다. 그래서 자신도 죄인이라고 한다. 평생 국어교육을 담당한 교사로서 책임감을 느낀다고 한다.

이해하기 쉬운
글쓰기

낱말이 쉬워야 글이 쉽다

글은 쉽게 써야 한다

군대에서였다. 아버지로부터 편지를 받은 적이 있다. 많은 아버지가 그랬듯 무뚝뚝하셨다. 군대에 들어가는 날도 '잘 갔다 와라'라는 한마디가 전부였다. 그런 아버지에게 편지를 받았으니 낯설었다.

편지의 내용은 잘 기억이 나지 않는다. 벌써 20년이 다 되어 가니 그럴 만도 하다. 그런데 분명 기억나는 두 가지가 있다. 하나는 편지가 따뜻했다. 말씀이 많이 없으셨던 아버지가 편지에서는 마음도 헤아려 주시고 조언도 해주셨다. 다른 하나는 아버지의 편지에 한문이 많았었다. 읽는데 고생 좀 했다. 다행히 한문 사전인 옥편(玉篇)이 있어서 찾아보면서 읽었다. 당시만 해도 신문에는 한자가 많았다. 지금은 한글을 명확하게 해주기 위해서만 사용한다. 하지만 그때 신문들은 불친절했다. 한자를 모르면 신문 읽기가 힘들었을 정도였다. 그런 분위기 때문이었을까. 사람들은 한자를 사용해서 글을 쓰면 멋진 글이 된다고 생각하는 것 같았다. 나 역시 다르지 않았다. 아버지의 편지를 본 후에는 한자를 중간 중간 섞어 쓰면서 다른 사람에게 편지를 썼던 기억이 있다.

　세종대왕이 한글을 왜 만들었을까? 신분에 상관없이 많은 사람이 글을 읽었으면 하는 바람으로 만들었다. 집현전 학자들은 한글을 만드는 것은 스스로 오랑캐가 되는 것이라고 비판했다. 왕은 굽히지 않았다. 세종대왕은 글의 중요성을 알고 있었다. 글의 목적이 자신의 '잘남'을 드러내는 것이 아니라 많은 사람이 쉽게 읽을 수 있는 것에 있다는 것을 알았다. 누구나 알 수 있지만 아무나 알기는 어려운 사실이다.

　'어려운 글이 좋은 글이다'라고 생각하는 사람이 많다. 그래서 그런 것일까? 쉽게 쓰려는 노력을 하지 않는다. 자신이 아는 온갖 어려운 낱말을 사용한다. 다른 사람이 이해하지 못하면 자신의 우수성이 증명되는 줄 안다. 아니다. 그 반대다. 다른 사람이 이해 못 하면 글 쓴 사람이 쓸데없는 이야기를 하는 것이다. 쉽게 글을 쓴다는 것은 좋은 글의 기본이다.

낱말부터 쉽게 써야 한다

한국에는 대표적인 영어시험들이 있다. 하나는 취직을 하기 위해 보는 토익이고 다른 하나는 미국 대학교 입학자격을 취득하기 위한 토플이다. 조금 생소하지만 미국 대학원에 진학하기 위해 치르는 GRE 시험도 있다.

위에서 말한 영어시험들은 난이도가 다르다. 무엇이 가장 어려울까? 예상할 수 있을 것이다. 바로 GRE이다. 그다음이 토플이고 토익이 가장 쉽다. 영어시험의 경우 어렵고 쉬움은 단어의 난이도와 비례한다. 미국인도 대학원 시험인 GRE 시험을 보기 위해 1,000개 이상의 단어를 더 외운다고 한다.

여기서 우리가 알 수 있는 것이 하나 있다. 어려운 단어를 쓰면 글이 어려워진다는 사실이다. 결국 쉬운 글이 되려면 쉬운 낱말을 사용해야 한다. 글을 쉽게 쓰려는 노력 중 가장 기본이다. 특히 쉬운 낱말을 사용하는 것은 의미 전달 차원에서도 좋다.

다음의 두 문장을 비교해보자.

예 1 작가는 독자를 고려해야 한다. 독자의 수준을 무시하면 명문(明文)을 쓸
수 없다.

문장이 무겁다고 느껴진다. 근엄한 분위기로 이야기하는 듯하다.
이런 문장을 쓰는 사람은 읽는 사람에게 권위 있어 보일 수 있다. 하지
만 근엄한 얼굴로 같은 이야기를 반복하면 지루하지 않을까?

다음 문장을 보자.

예 1 글을 쓰는 사람은 읽는 사람을 생각해야 한다. 읽는 사람의 눈높이를 모른
체하면 좋은 글을 쓸 수 없다.

두 번째 문장은 어떤가? 첫 번째 문장보다는 길이가 길어졌다. 단어
들도 조금씩 다르다. '작가'를 '글을 쓰는 사람'으로 고쳤고 '독자'도
'읽는 사람'으로 고쳤다. '고려해야 한다.'는 '생각해야 한다.'로. '수준'
은 '눈높이', '무시'는 '모른 체' 그리고 '명문'은 '좋은 글'이라고 했다.
두 문장의 차이는 크지 않다. 한자로 된 한글을 풀어서 써 준 것이
다. 의미는 어떠한가? 어떤 문장이 더 전달력이 좋은 것 같은가?

우리가 영어를 어려워하는 것은 단어의 의미 전달이 한 번에 되지 않기 때문이다. 'student'라는 단어를 보면 머릿속에서는 그 의미를 생각하게 된다. 'student—: 학생'으로. 그리고 다시 '학생'은 '공부를 하는 사람'으로 바뀐다. 물론 'student'라는 단어가 쉬워서 이런 과정이 짧게 느껴질 수 있지만 'flexible' 같은 단어의 경우는 좀 더 그 변환하는 시간이 길어진다.

한글도 마찬가지다. 특히 한자어를 기본으로 한 낱말을 사용하면 이해하는 시간이 길어진다. 그리고 그것이 지나치게 되면 외국어를 읽는 느낌이 든다. 읽기 쉬운 글이 되지 않는다는 뜻이다.

다음의 문장을 보자.

정당방위란 자기 또는 타인의 법익에 대한 현재의 부당한 침해를 방위하기 위한 상당한 이유가 있는 행위다.

우리가 알고 있는 정당방위의 정의이다. 형법 교과서에 나온다. 한번에 이해되는가? 쉽지 않다. 흔히 쓰는 '정당방위'이지만 그 뜻을 이해하기는 어렵다. 그 이유는 곳곳에 한자로 된 한글이 많기 때문이다. '타인', '법익', '침해', '상당한' 등이 사실 모두 한자어다. 이런 낱말을 조금만 풀어써도 쉬워진다.

정당방위란 자기 또는 다른 사람의 법에 의하여 보호되는 이익을 지금 당장의 불법적인 폭행 등으로부터 방어하기 위한 적절한 이유 있는 행위다.

문장 자체는 조금 늘어진 느낌이다. 이는 본래 문장 자체가 길어서다. 하지만 이해하기는 쉬워졌다. 문장 자체가 길어서 힘은 없지만 전보다는 조금 쉬운 문장이 되었다.

외국어가 우리에게 쉽지 않은 이유는 바로 이해되지 않기 때문이다. 그 이유를 굳이 글을 쓰면서 읽는 사람에게 말할 필요는 없다. 풀어쓰자. 어려운 단어를 사용하는 것이 좋은 글이 아니다. 쉬운 단어로도 좋은 글은 얼마든지 쓸 수 있다. 많은 사람이 익혀서 사용할 수 있게 하려고 만들어진 것이 한글이다. 본래의 취지를 살리자.

어떻게 쉽게 쓰지?

변화를 꿈꿀 때 혹은 지금의 현실이 만족스럽지 않을 때가 있다. 친구 중의 한 명도 그랬다. 무엇을 해보려고 노력했지만 결과는 좋지 않았다. 좋아하는 여자도 있었지만 마음을 알아주지 않았다. 항상 입에서는 비슷한 말이 흘러나왔다. "난 안 돼!"

그 친구는 변화를 원했다. 지금과는 다른 현실을 갖고 싶어 했다. 책

보는 습관이 있던 그 친구는 자기계발서 읽는 일에 빠졌다. 우린 가끔 보는 사이였다. 한 번은 고전을 읽으면 인생이 변한다고도 했고 또 한 번은 자신에게는 긍정적인 마음이 부족했다며 자책하기도 했다.

처음에는 이 친구가 노력한다고 생각했다. 좋아 보였다. 어제와 다른 오늘을 보낸다면 분명 내일은 달라지지 않겠는가.

시간은 천천히 빠른 듯 흘렀다. 가끔 보는 사이였고, 요즘은 무엇을 하느냐고 물었다. 대답은 아직 이것저것 준비 중이라고 한다. 여전히 책을 읽고 있다고도 했다. 그러다가 속마음을 말한 적이 있다. "자기계발서를 읽다 보면 그 말이 정답 같아. 근데 막상 현실에서 시도해 보면 잘 안 되더라고……."

자기계발서의 특징 중 하나가 희망을 갖게 한다는 것이다. 하지만 어떻게 해야 하는지는 잘 말해주지 않는다. 설령 현실에서 어떻게 해야 하는지 말해도 실천은 온전히 자신의 몫이다. 현실은 단순하지 않다. 예측하지 못한 상황이 연속적으로 발생한다. 생각해 봐라. 책 한 권으로 자신의 현실을 바꾸기에는 부족하지 않을까? 사람마다 처한 환경이 다르고 인간관계가 다르고 경제적 여건이 다르다. 아무리 자기계발서가 핵심을 말해도 그 핵심을 적용할 수 있는 현실은 많지 않다.

글을 쉽게 쓰는 것도 비슷하다. 쉽게 쓰는 게 좋지만 어떻게 쉽게 쓰는지는 잘 모른다. 설령 쉽게 쓰는 방법을 알려줘도 한 번에 되지 않는다. 왜냐하면 글쓰기는 수학공식이 아니기 때문이다. 공식에 숫자만 집어넣으면 정확한 답이 나오는 게 아니다. 많이 해보아야 한다.

어떤 문제를 해결하려면 최소한 문제를 파악해야 한다. 내가 가진 문제가 보이지 않으면 난 변화할 수 없다. 쉬운 문장이 무엇인지 생각해보자. 최소한 쉬운 문장을 볼 수 있어야 변화가 시작된다.

쉬운 문장을 만드는 법

쉬운 문장을 만들자

컴퓨터 게임을 잘하려면 무엇이 필요할까?

이런 고민을 해 본 적이 있다. 잘하고 싶고 너무 재미있는데 하기만 하면 돌아오는 것은 패배였다. 지기 싫었다. 친구들은 다 잘하는데 나만 못 했다. '뭐 이런 망할 게임이 있나?'라고 소리 지르기를 몇 번. 고민의 고민을 하기 시작했다.

문제를 풀기 위해서는 그 문제 자체를 분석하는 게 필요하다. 당시 내가 갖고 있던 컴퓨터는 7년 사용한 고물이었다. 마우스도 잘 안 되었다. 그러다 보니 컴퓨터가 게임을 하던 중 멈추는 느낌이 종종 들었다. 그것을 '랙'이라고 하는 것을 몇 해가 지나서 알았다. 컴퓨터 성능이 좋지 않아서 나타나는 현상이다. 그러다 보니 내가 하고 싶은 대로 되지도 않았다. 당연히 실력이 쌓이지 않았다. 컴퓨터 게임을 잘하기 위해서는 맨 처음 좋은 컴퓨터와 쓰기 편한 마우스가 필요하다고 판단했다. 연습은 그다음 같았다.

글쓰기도 연습을 해야 실력이 향상된다. 그러나 잘못된 방법이나 기본이 되지 않는 상태에서 하는 연습은 시간 낭비일 뿐이다. 기본을 갖추고 연습을 해야 한다. 마치 컴퓨터와 마우스가 갖춰지고 나서 컴퓨터 게임을 연습하듯이.

쉬운 글의 시작은 쉬운 문장이다. 쉬운 문장이 있어야 쉬운 글이 있다. 물론 쉬운 문장이 쉬운 글의 전부는 아니다. 하지만 기본이다. 문장이 쉽지 않으면 절대 쉬운 글이 나올 수 없다. 다음은 쉬운 문장을 쓰는 방법이다. 하지만 이것이 전부가 아니라는 것도 명심하자.

한자어를 풀어쓰자

한자어는 우리나라 말에서 빠질 수 없다. 알고 쓰던 모르고 쓰던 반드시 필요하다. 하지만 최소한으로 사용할 필요가 있다.

다음 문장을 비교해보자.

 '○○수업'을 통해서 성경에 포함된 진리를 탐구하는 시간을 가지고…….

자기소개서에 있는 문장이다. 대부분은 우리가 일상적으로 쓰는 낱말이다. 하지만 '탐구'라는 낱말이 보인다. 이것은 일상적으로 쓰지 않는다.

무엇이 한자어인지 잘 모를 때에는, 일상적으로 사용하는지 아닌지 스스로 물어보면 된다. 사람마다 지식의 수준이나 나이가 달라서 일상적으로 쓰는 말이 다를 수 있다. 그러나 사람들은 비슷한 교육과정을 겪는다. 초등학교에 가고 중학교에 가고 고등학교에 간다. 그 말은 우리가 일상적으로 쓰는 말은 비슷해질 수밖에 없다는 것이다. 생각해보자. 이 말은 내가 평소에 썼는지. 만약에 아니라면 일상적인 말로 풀어써 보자.

 '○○수업'을 통해서 성경에 있는 진리를 알아가는 시간을 가지고….

'포함'과 '탐구'를 고쳤다. 사실 '포함'이라는 낱말은 그리 어렵게 느껴지지 않는다. 고치지 않아도 상관없다. 하지만 '탐구'는 괜히 어렵다. 일상적인 단어가 아니다. 그냥 겉멋이다. 이런 단어를 쓴다고 똑똑해 보이지 않는다.

한자어를 어떻게 고칠지 고민할 수 있다. '한자어 뜻을 몰라 풀어쓰지 못하면 어쩌지'라고 걱정할 수도 있다. 하지만 그것은 문제가 안 된다.

글을 '읽는' 입장에서는 고민스러울 수 있지만 글을 '쓰는' 입장이 되면 다르다. 한자어를 써도 누가 쓰는가? 바로 글쓴이다. 글을 쓰는 사람은 당연히 의미를 알고 쓰게 된다. 뜻을 모르는 낱말은 절대 써지지 않는다. 만약 고치는 것이 두렵다면 일상적인 말로 설명하자.

그런데 한자어가 필요할 때도 있다. 그 문장의 핵심을 강조할 때 사용된다. 물론 너무 많이 쓰면 글이 무겁고 어려워진다. 하지만 핵심적 상황을 표현할 때 사용하면 좋다. 한 번에 의미가 와 닿지 않는 것이 단점이지만 그 난해함이 읽는 사람을 생각하게 한다. 그것은 곧 그 의미를 강조하는 것이 된다.

다음의 문장을 보자.

예　그는 수능시험을 계속 봤다. 누가 말려도 그만두려고 하지 않았다. 그의 그런 행동은 아집이었다.

읽다 보면 어디서 눈이 멈추게 되는가? 바로 '아집'이다. '아집'은 사전적 의미로는 '자기중심적인 생각이나 좁은 소견에 사로잡힌 고집'을 말한다. 이런 말은 일상적으로 사용하지는 않는다. 하지만 이렇게 어떤 핵심적인 말을 강조하고 싶을 때 사용하면 돋보인다. 기억하자. 그러나 이는 연습이 필요한 단계이다. 처음에는 불필요한 한자어를 풀어쓰는 연습부터 하자.

사자성어도 풀어쓰자

가끔 국어 시간에 사자성어를 배운다. 그 왜 네 글자로 된 한자어 있지 않은가? 사자성어를 배우고 나면 꼭 친구들끼리 하는 게 있다. 바로 사자성어 퀴즈이다. 문제를 많이 맞힌 친구들은 왠지 똑똑해 보인다. 그래서 말을 할 때도 괜히 사자성어를 말한다. "너 게임 실력이 '일취월장'했구나!"

하지만 글을 쓸 때는 그러지 않아도 된다. 사자성어가 글을 부드럽게 할 수도 있지만 딱딱하게 할 수도 있다. 게다가 사람마다 알고 있는 사자성어가 다르지 않은가. 쉬운 것도 있지만 애매한 것도 있다. 가령 '토사구팽' 같은 사자성어는 아는 사람과 모르는 사람이 구별된다. 만약 읽는 사람 입장에서 모르는 사자성어가 나오면 그 글은 바로 어렵고 딱딱한 글이 된다. 그러면 어떻게 해야 하지? 바로 사자성어 뒤에서 풀어써야 한다. 풀어쓰면 글 자체가 자연스럽다.

다음을 보자.

 오비이락(烏飛梨落)이라고 했다. 나는 그 자리에 있어서 의심을 받았다.

문장 자체가 딱딱하다. 글을 보고 있으니 나이 지긋한 할아버지가 쓴 글 같다. 혹시 어려운 낱말을 풀어쓰면 촐싹대는 문장이 될 것 같나? 그렇지 않다. 오히려 친절한 느낌이 든다.

 '까마귀 날자 배 떨어진다.'라고 했다. 나는 그 자리에 있어서 의심을 받았다.

사소한 걸로 잘난 체하면 거만해 보인다. 사람들은 그런 사람들을 신뢰하지 않는다. '얼마나 잘난 게 없으면 저런 걸로 잘난 체할까?' 이렇게 생각할 수 있다. 쉽건 어렵건 사자성어는 풀어쓰자.

 토사구팽(兔死狗烹)이었다. 친구는 내 도움으로 봉사활동을 한 후 자기만 점수를 받았다.

위에서 말한 '토사구팽'이다. 조금 어렵다. 물론 대부분 알고 있는 말일 수 있다. 그렇다고 풀어쓰지 않을 이유는 없다. 오히려 사자성어를 풀어쓰면 '이 사람이 정확히 알고 있구나.'라고 생각하게 된다. 만약 그게 자기소개서이고 논술이라면 더 좋은 인상을 받게 된다. 사자성어를 그대로 쓴다고 똑똑해 보이지 않는다. 그 반대이다. 그 뜻을 정확히 알고 사용할 때 똑똑해 보인다.

 '사냥이 끝나니 사냥개를 잡아먹는 격'이었다. 친구는 내 도움으로 봉사활동을 한 후 자기만 점수를 받았다.

전문용어 사용 후에는 바로 설명하자

교수들의 글이 어려운 대표적인 이유는 이것이다. 전문용어를 사용하고 설명을 하지 않는다. 이는 참 거만한 태도다.

"내가 알고 있으니 당신도 당연히 알겠지?" 정도의 생각이라면 봐줄 만하다. 그런데 "나는 이런 것도 아는 사람이야!"라는 생각이라면 글의 내용을 떠나서 바로 휴지통에 던져버리고 싶어진다.

이런 태도는 자기소개서나 논술에도 많이 등장한다. "이 글을 읽는 사람은 분명 나보다 똑똑한 사람이니 전문용어쯤이야 이해할 수 있을

거야"라는 생각으로 쓰는 것 같다. 물론 그럴 수 있다. 하지만 입장 바꿔서 생각해보자. 학생들이 경제학자나 알 것 같은 단어를 사용한 다면, 뜻은 정확히 알고 있는지 궁금해지지 않을까? 자신의 똑똑함은 전문용어를 사용한다고 드러나지 않는다. 그 전문용어를 정확히 설명 할 수 있을 때 드러난다.

다음의 문장을 보자.

 우리나라는 미국의 서브 프라임 사태 이후 스태그플레이션이 걱정된다.

경제에 관심 없는 사람이 읽으면 쉽게 이해되지 않는다. 도대체 '서 브 프라임'은 무엇이고 '스태그플레이션'은 무엇이란 말인가? 이렇게 전문용어가 사용되면 바로 뒤에서 설명을 해주면 좋다. 하지만 전체 맥락을 고려해야 한다. 만약 다른 문장으로 전문용어를 설명하다가 글의 호흡이 지루해지면 낭패이다. 그럴 때는 문장 속에서 전문용어의 설명을 해주는 것도 좋은 방법이다.

 우리나라는 미국의 서브 프라임 사태 이후 경제는 성장하지 않고 물가는 상승하는 경제 위기가 걱정된다. 서브 프라임 사태는 부실 주택담보 대출 로 미국에서 일어난 경제위기를 말한다.

교정 2 우리나라는 미국의 부실 주택 담보대출이 문제된 서브 프라임 사태 이후 경제는 성장하지 않고 물가는 상승하는 경제 위기가 걱정된다.

'스태그플레이션'은 '경제는 성장하지 않고 물가만 오르는 상황'을 말한다. 경제학에 나오는 전문용어이다. 그래서 완전히 바꿨다. 대중적인 전문용어가 아니면 풀어서 사용하자.

〈교정 1〉 바로 뒤의 문장에서 서브 프라임 사태에 관하여 설명했다. 이렇게 바로 뒤에서 앞에 나온 전문용어를 설명하면, 앞의 문장을 쉽게 만든다. 하지만 이런 방법은 자칫 글을 읽는 독자를 방해할 수 있다. 호흡이 길어질 수 있다.

호흡이 길어지면 지루해진다. 쉽게 쓰려다가 지루한 글이 되는 것도 좋지는 않다. 그럴 경우, 〈교정 2〉처럼 문장 속에서 설명하면 된다. 〈교정 1〉보다는 친절하지 않지만, 읽는 사람이 이미 알고 있는 경우에는 이 정도로 써주는 것이 더 좋다.

글을 쉽게 쓰는 가장 좋은 방법은 친절해지는 것이다. 친절한 사람이 무식한 사람은 아니다. 글에서 어려운 낱말로 나의 유식함을 보여주려 하지 말자. 될 수 있으면 풀어서 사용하자.

외국어는 적당히 사용하자

한국인이면 한 번쯤 해본 고민. 바로 영어다. 과거 중학교 때부터 배우던 영어가 지금은 초등학교를 거슬러 유치원으로 내려왔다. 국가는 중학교 때부터 하던 잘못된 영어 학습법의 해결책을 조기교육에서 찾았다.

그래서 해결되었는가? 아니다. 아직 멀었다. 여전히 많은 돈을 쏟아 부으면서 한글도 떼지 못한 아이들을 피곤하게 하지만 영어로부터 자유를 찾지는 못하였다. 대신 얻은 것이 있다. 잘못된 한글 사용 습관. 학생들의 글을 읽다 보면 외국어를 많이 보게 된다. 때로는 영어를 그대로 사용하기도 하고 우리나라 말이 있는데 한글로 된 외래어를 사용하기도 한다.

사실 외국어는 한자어와 똑같다. 둘 다 의미전달이 직접적이지 않다. 물론 중고생 주변에 영어를 모르는 친구들은 거의 없다. 하지만 영어를 잘하는 사람이 대한민국에 얼마나 많을까? 여전히 영어는 낯설다. 외국어를 많이 쓰면 한자어를 많이 쓴 것과 같다. 다만, 조금 젊어진 느낌이랄까?

다음의 문장을 보자. 자기소개서에 있는 문장이다. 글을 쓴 학생은 초등학교 때 유학경험이 있는 듯하다.

평상시에는 CNN과 ABC News를 즐겨 보았고 그중에서 "Steven jobs: He changed the digital world"와 연설을 들으면서 재미를 느꼈다.

한 문장에 영어가 많이 들어가 있다. 자신이 영어를 잘한다는 인상을 주기 위해 이렇게 쓴 것이라 추측된다. 하지만 외국 유학 갔다 와서 겉멋만 든 학생으로 보이지 않을까?

원칙적으로 글을 쓸 때는 영어를 그대로 쓰지 않는다. 보통 영어를 사용할 때는 한글로 된 영어 발음의 단어를 사용한다. 가령 '패러다임', '인플레이션', '라이벌'처럼. 위의 예문처럼 영어 알파벳을 그대로 사용하지 않는다. 영어는 외국어이기도 하지만 전문용어인 경우도 많다. 영어가 전문용어이면 바로 위의 원칙이 적용된다. 새로운 문장으로 풀어서 설명하거나, 문장 속에서 간략하게 설명해야 한다.

 평상시에는 미국 뉴스 전문 채널인 CNN과 영국공영 방송 BBC 뉴스를 즐겨 보았고 그중에서 스티브 잡스의 "그는 디지털 세상을 변화시켰다(He changed the digital world)" 연설을 들으면서 재미를 느꼈다.

우선 'News'를 '뉴스'라고 바꾸자. 한국 지상파 방송에서 쓰고 있는 낱말이다. CNN과 BBC는 짤막하게 설명을 집어넣었다. 외국 방송국 이름을 모두 알 것이라 생각하면 오산이다. 그리고 스티브 잡스

부분도 〈교정〉처럼 한글로 해석을 한 뒤에 영어 원문을 써야 한다. 영어 원문만 쓰면 한자어를 쓴 것과 차이가 없다. 만약 영어가 아닌 스페인어를 저렇게 어떠한 해석도 없이 썼다고 생각해봐라. 누가 그런 글을 읽고 싶겠는가? 영어가 세계의 공통어가 되어도 당신의 모국어는 한글이다. 잊지 말자. 오히려 영어만 남발하면 한국을 무시하는 한국인으로 보인다.

최소한만 지키자

위에 나열된 방법은 공통점이 있다. 읽는 사람을 멈추게 하지 않는 것이다. 쉬운 글은 한 번에 읽히고 한 번에 이해가 된다. 읽는 사람의 입장에서 생각하자. 글은 이해가 가야지 좋은 글이 될 수 있다.

비난성 댓글보다 무서운 것이 무관심이라고 한다. 글을 어렵게 쓰면 당연히 관심이 안 간다. 읽는 사람은 고통스럽다. 그런 글을 읽으면서 글 쓴 사람에게 궁금증과 호기심이 생길까? 중요한 건 읽히는 글을 쓰는 것이다. 자신의 지식을 자랑하고 싶으면 광고를 하자. 굳이 글을 쓰면서 뽐내려 할 필요 없다. 위에 나열된 방법은 최소한이다. 글을 쉽게 쓰는 많은 방법이 있을 수 있다. 그러나 이것만 지켜도 글은 쉬워진다. 하나하나 지키면서 써보자. 사람들에게 읽힐 것이다.

옷걸이가 옷을 비싸게 한다

기왕이면 다홍치마

"파격 할인! 90퍼센트~80퍼센트"

끌렸다. 집 앞 옷가게를 지나다가 본 문구다. 평소에 옷을 자주 사지 않음에도 발걸음을 멈추었다. 가게 안을 보니 이미 북적거린다. 옷들은 바닷가에 널려 있는 미역 같았다. 그리고 그 미역을 똑같은 머리 모양 아주머니들이 눈을 부릅뜨고 헤집고 계셨다. 열정이 넘쳐 보였다.

그 모습을 보니 발걸음이 다시 가던 길로 향한다. 나에게는 그런 열정이 없었다. '어떻게 아줌마를 이겨?' 그런데 문득 궁금해졌다. '왜 옷

을 널어놓고 팔지? 옷걸이를 모른단 말이야?'

누군가 말했다.

"10만 원짜리 수표는 구겨져도 똑같다"

맞다. 겉모습이 조금 더러워진다고 해도 본래의 가치가 변하지 않는다. 하지만 구겨지고 더러워진 10만 원짜리를 사람들이 쉽게 알아볼까? 그렇지 않다. 쓰레기통에 코 푼 휴지와 구겨진 10만 원짜리가 같이 있으면 서로 친구로 보이지 왕과 거지처럼 다르게 보이겠는가. 차이는 그것이다.

'기왕이면 다홍치마'라고 한다. 같은 조건이면 더 예쁜 쪽을 택한다는 의미이다. 물론 겉모습만 중요시하면 문제가 된다. 하지만 겉모습이 흉해서 다른 사람에게 올바른 평가를 받지 못하면 그것도 억울하다.

옷을 잘 파는 것과 글쓰기를 잘하는 것은 비슷하다. 옷을 너저분하게 널어놓으면 고르기가 쉽지 않다. 글도 단락조차 나누지 않고 써 놓으면 읽히지 않는다. 기왕이면 걸어놓고 깨끗한 장소에서 팔아야 한다. 그래야, 무엇이 좋은 옷인지 금방 알 수 있다. 그런데 그거 아는가? 글쓰기에도 옷걸이가 있다는 것을.

글쓰기에서 옷걸이는 따옴표와 단락이다.

따옴표는 글에 입체감을 주기도 하고 지루함도 막아준다. 여러모로 쓸모가 많다. 단락은 문단이라고도 한다. 글을 쓸 때 내용이 달라지면 줄을 바꿔 준다. 읽기 편하게 해준다. 이 단락을 잘 나누어야지 읽는 사람이 이해를 잘 할 수 있다. 쉬운 글을 만드는 기본적인 수단이다. 그러나 이를 잘못하면 '뭔 소리야?'라는 소리를 듣는다. 글자의 홍수 속에서 대피소를 찾아 헤매는 느낌을 받는다.

기억하자. 옷걸이가 옷을 비싸게 팔 수 있다는 것을.

따옴표를 사용하자

따옴표는 큰 것과 작은 것이 있다. " ". 바로 이 표시가 큰따옴표이다. 그리고 위의 점이 하나만 있는 것을 작은따옴표라고 한다.

따옴표를 사용하는 것은 글쓰기의 일부이다. 익숙지 않아서 사용하지 않는다고 하지만 이는 좋은 핑계가 아니다. 스스로 글쓰기를 못한다고 말하는 것과 같다. 게다가 따옴표가 없는 글은 사막을 걷는 느낌이다. 지루하다.

그럼 어떻게 사용해 가야 할까? 잠시 지루함을 참아보자.

우선 큰따옴표의 사용법부터 보겠다.

첫 번째는 대화를 직접 나타낼 때 사용한다. 소설에서 흔히 볼 수 있다. 두 번째는 다른 사람의 말을 인용할 때 사용한다.

데카르트가 말했다. "나는 생각한다. 고로 존재한다."

예문에서 큰따옴표는 데카르트가 말하고 있음을 나타낸다. 즉 사람의 대화를 표현할 때 사용한다.

작은따옴표는 첫 번째로 사람의 생각이나 마음에서 한 이야기를 나타낼 때 사용한다. 소설에서 쉽게 볼 수 있다. 두 번째로는 강조하기 위해 사용한다. 특히 특정 단어가 중요할 경우 작은따옴표로 묶어준다. 일반적인 글에서 볼 수 있다.

정리하자면, 큰따옴표는 입 밖으로 소리를 내고 있다고 보면 된다. 그에 반해 작은따옴표는 머릿속에서 말은 하고 있지만 입 밖으로 소리를 내지는 않는 상태를 표현한다.

그럼 어떤 것이 더 많이 사용할까? 두말할 것도 없이 작은따옴표이다. 소설을 쓰지 않는 이상 작은따옴표가 많이 사용된다. 생각한 것을 전부 말하는 사람은 없지 않는가?

위에서도 말했듯이 따옴표를 사용하면 지루하지 않다. 다음 문장을 보면서 눈으로 확인해보자.

모금을 받을 때 이 돈이 어디에 누구를 위해 쓰인다는 것을 설명해 드렸다. 자신의 기부가 어디에 쓰이는지 알리는 것도 기부의 참된 의미가 아닐까 생각이 들었다.

자기소개서에 있는 문장이다. 사실은 전체가 한 문장으로 이루어졌었다. 그것을 두 문장으로 나누었다. 여전히 군더더기가 많다. 지금은 따옴표의 사용법을 설명하려고 하니 군더더기 제거는 다음에 하자.

 모금을 받을 때 '이 돈이 어디에 누구를 위해 쓰인다.'라는 것을 설명해 드렸다. '자신의 기부가 어디에 쓰이는지 알리는 것도 기부의 참된 의미가 아닐까' 생각이 들었다.

첫 번째 문장에서는 자신이 다른 사람에게 실제로 설명했다고 한 부분이 있다. 그리고 그 설명내용을 간략하게 적어놓았다. 그럴 경우 과거에 했던 설명이므로 따옴표로 강조해도 된다. 지금과 다른 시점이므로 평면적으로 적을 필요가 없다.

두 번째 문장 끝에서 글쓴이는 '생각이 들었다'라고 했다. 작은따옴표의 대표적인 사용법이다. '자신의 생각을 말할 때 사용하기'를 기억하자. 그리고 자신의 생각은 자신의 주장이다. 글에서 자신의 주장을 드러낼 기회를 대충 사용할 것인가. 작은따옴표로 강조해주어야 한다.

한 가지 더 아쉬움이 있다면, 자신의 생각이 너무 길다는 점이다. 무언가를 강조해 줄 때는 그만큼 더 신경을 써야 한다. 자칫 자신의 생각을 너무 길게 말하면 요점을 말하지 못하는 사람으로 보인다. 그 경우 따옴표는 자신의 단점을 강조할 수도 있다. 주의하자.

사실 큰따옴표는 일반적인 글에서는 잘 사용하지 않는다. 하지만 큰따옴표를 사용하면 글 자체가 읽을 맛이 난다. 책을 읽을 때 졸리는 경우는 있지만 사람과 대화할 때 졸리는 경우는 없다. 큰따옴표는 사람과 대화하는 느낌을 준다. 그래서 읽는 사람의 지루함을 달래준다.

위의 문장을 큰따옴표로 사용하여 교정해보았다.

 "이 돈은 우리 지역에 혼자 사시는 노인 분들에게 쓰입니다." 모금을 받을 때 설명해 드렸다. '자신이 기부한 돈의 사용처를 알리면 의미 있는 기부가 되리라'라고 생각이 들었다.

큰따옴표를 사용하였다. 그리고 단락을 구분 지었다. 단락을 나눈 것은 읽는 사람을 배려한 것이다. 설득할 때 강한 주장도 필요하지만 재미있는 비유도 필요하다. 글도 읽는 사람을 설득하는 과정 아닌가. 짧은 문장으로 강한 주장도 해야 하지만 대화체나 비유적 표현으로 생각할 수 있는 시간도 주어야 한다. 그래서 문단을 나누어서 쉬어갈 수 있게 하였다.

두 번째 문장은 조금 다듬었다. 자신의 생각을 좀 더 강하게 표현하였다. 작은따옴표는 강조하는 의미가 있다. 하려면 제대로 해야 한다. 자신의 단점을 강조하는 사람이 되지 말자.

단락만 잘 나누어도 좋은 글이 된다

콘서트에 가 본 적 있는가? 내가 처음 콘서트에 가 보게 된 이유는 친구의 꼬임에 넘어갔기 때문이었다. 사실 콘서트에 가자는 친구의 이야기에 시큰둥했다. 첫 번째 이유는 비쌌다. 학생 때 그 돈을 한 번에 사용하기에는 부담스러웠다. 두 번째 이유는 재미없을 것 같았다. 보통 한 가수의 모든 노래를 좋아하는 경우는 드물지 않은가? 난 좋아하는 노래만 듣고 싶었다.

그런데 반전은 콘서트장에 들어가면서 시작되었다. 콘서트에 가보니 한 가수가 주야장천 노래만 부르지 않았다. 중간 중간에 색다른 코너가 많았다. 개인기도 하고 이야기도 하고 다른 가수의 노래도 불렀다. 게다가 초대가수도 있었다. 다양한 코너들이 모여서 하나의 콘서트가 된다는 것을 알았다.

글쓰기도 가수의 콘서트와 비슷하다. 가수가 청중을 위해 공연을 기획하듯 글 쓰는 사람도 읽는 사람을 위해 많은 것을 기획해야 한다. 재미있는 비유로 웃기기도 하고 사자성어를 사용하여 흥미를 이끌기도 해야 한다. 물론 제일 중요한 것은 가수가 자신의 히트곡을 부르는 것이듯 글쓴이도 하고 싶은 말을 하는 것이다.

좋은 공연이 되려면, 기획이 좋아야 한다. 어떻게 구성하는지에 따라 좋은 공연이 되기도 하고 재미없는 공연이 되기도 한다. 그럼 글쓰기에서 기획은 무엇일까? 바로 단락이다. 하나의 코너로 보면 된다. 코너의 구성이 좋아야 좋은 공연이 되듯 단락의 묶음이 좋아야 좋은 글이 된다.

단락은 무엇인가?

단락은 생각의 묶음이다. 글을 쓰는 입장에서 자신의 생각을 보기 좋게 나열하는 것이다. 일종의 옷걸이이다.

따옴표가 문장을 돋보이게 한다면 단락은 글 자체를 돋보이게 한다. 만약 누군가가 친구와 싸운 이야기를 하다가 성적이 많이 올라서 기분이 좋다고 하면 황당하지 않겠나? 단락은 이런 하고 싶어 하는 이야기를 잘 정리해서 보여주는 역할을 한다. 그렇다면 단락의 종류에는 어떤 것들이 있을까?

단락에는 '내용 단락'과 '형식 단락'이 있다. 이름 그대로 생각해보자. 내용 단락은 내용 자체가 바뀌는 것을 말한다. 친구와 싸운 이야기와 성적이 오른 이야기는 내용이 다르다. 완전히 따로 해야 한다. 혹은 목차를 새로 잡아서 해도 된다. 그에 반해 형식 단락은 내용은 이어지지만 흐름이 바뀔 때 사용한다. 작은 토막이다. 한 주제에는 여러 가지 형식 단락이 있게 된다. 가령 친구와 싸운 이야기 속에서 친구의 독설, 나의 독설, 내가 기분 나쁜 점 등은 형식 단락으로 나눌 수 있다.

공연에서 가수가 연속 세 곡의 노래를 부른다고 해보자. 이 경우 내용 단락은 세 곡을 연속으로 부르는 것 자체이고 형식 단락은 한 곡 한 곡의 선택이 된다.

그럼 단락을 어떻게 나누어야 하는가?

교과서는 말한다. 첫째, 말의 내용이 바뀔 경우. 둘째, 전체적인 이야기에서 부분적인 이야기로 들어갈 때나 그 반대로 단계가 옮겨질 때. 셋째는 인물, 장소, 시간이 바뀔 경우. 넷째는 특정 문장을 강조할 때. 다섯째는 다른 사람의 말을 인용할 때, 여섯째는 세부적인 설명을 할 때이다. 그러나 이러한 규칙을 외운다고 단락을 잘 나눌 수 있는 것은 아니다. 글쓰기는 수학공식이 아니라고 했다. 조금 더 실질적인 방법이 필요하다.

우선 '내용 단락'부터 보자. 내용 단락을 나누는 가장 중요한 원칙은 하나다. 한 생각을 하나의 단락에 쓰는 것. 여기서 한 생각은 보통 한 주제에 해당한다. 만약 봉사활동에 관하여 쓴다고 해보자. 우선 봉사활동을 선택하게 된 동기가 있을 것이다. 그리고 봉사활동에서 겪은 실제 경험과 봉사활동에서 느낀 점 등이 있다. 이런 한 생각이나 주제가 내용 단락을 이룬다. 내용 단락이라는 말이 이해가지 않는가? 한 주제에 관한 내용이 끝나면 글을 마쳐주고 바꾸어줌을 의미한다.

'형식 단락'은 큰 틀은 있지만 조금 더 자유롭게 나눌 수 있다. 일종의 호흡이다. 그 호흡은 글을 읽는 사람을 위한 것이다. 가수가 노래를 부를 때 숨을 쉬지 않고 부르면 듣는 사람이 죽을 맛이다. 그런데 그거 아는가? 모든 가수가 똑같은 호흡을 갖고 있지 않다는 것을. 형식 단락을 나누는 방법은 고정되어 있지 않다. 글쓴이에 따라 다르고 글이 길어져서 나누기도 한다. 사실 내용 단락을 나누는 것은 그리 어렵지 않다. 문제는 형식 단락이다. 우리가 설명하는 대부분의 단락 나누는 방법도 형식 단락과 관련된다. 그런데 형식 단락을 나누는 방법은 고정되어 있지 않다고 하지 않았나? 어렵다는 이야기다.

절망할 필요는 없다. 고정된 방법이 없다는 뜻은 그만큼 자유롭다는 이야기이다. 이는 글 쓰는 사람의 개성을 표현할 수 있는 유용한 수단이 될 수 있다.

옷걸이에 걸어보자

설명이 길었다. 예를 보자. 이 글은 '동자승 이야기'를 읽고 쓴 독후감이다. 중학생이 썼다.

이 글은 동자승에 관한 이야기가 나오기 전에 강원도의 겨울에 대해 먼저 말해 준다. 그 이유는 바로 강원도의 겨울에는 셀 수 없을 만큼의 눈이 내리기 때문이다. 그리고 그 눈은 역시 녹지 않기 때문에 매우 추운 환경이다. 나 역시 이에 대해 공감한다. 올해 봄쯤에 강원도 지역을 지나가 보았는데 다른 곳에는 웬만하면 일주일 좀 넘으면 다 녹아 있는데 강원도 쪽에 터널 근처에는 끝까지 녹지 않는 것을 보았다. 강원도의 겨울의 눈은 참 독한 것 같다. 그리고 눈이 왔으니 치우는 작업이 번거롭지만 강원도의 아이들은 눈을 치우고 눈썰매를 탄다고 한다. 이러한 혜택을 누리는 강원도 아이들에 비해 눈 때문에 죽은 안타까운 동자승의 이야기가 있다. 동자승은 강원도 산골에 조그마한 절에서 스님과 함께 산다…….

이 글을 쓴 학생은 단락을 전혀 구분하지 않았다. 문장 역시 불분명한 것이 많다. 교정해 가야 할 부분이 많지만 단락만 구분해보겠다. 한 번 단락의 효력을 경험해보자.

 ①이 글은 동자승에 관한 이야기가 나오기 전에 강원도의 겨울에 대해 먼저 말해 준다. 그 이유는 바로 강원도의 겨울에는 셀 수 없을 만큼의 눈이 내리기 때문이다. 그리고 그 눈은 역시 녹지 않기 때문에 매우 추운 환경이다.
②나 역시 이에 대해 공감한다. 올해 봄쯤에 강원도 지역을 지나가 보았

는데 다른 곳에는 웬만하면 일주일 좀 넘으면 다 녹아 있는데 강원도 쪽

에 터널 근처는 끝까지 녹지 않는 것을 보았다.

③'강원도의 겨울의 눈은 참 독한 것 같다'

④눈이 왔으니 치우는 작업이 번거롭지만 강원도의 아이들은 눈을 치우

고 눈썰매를 탄다고 한다. 이러한 혜택을 누리는 강원도 아이들에 비해

눈 때문에 죽은 안타까운 동자승의 이야기가 있다.

⑤동자승은 강원도 산골에 조그마한 절에서 스님과 함께 산다……

　하나의 글을 다섯 부분으로 나누었다. ①은 이야기의 도입 부분이
다. 눈이 많은 강원도의 겨울에 대해 이야기한다. ②는 이야기가 바뀐
다. 강원도 겨울에서 개인적인 의견을 이야기한다. 단락을 바꾸어 주
어야 한다. 사실 ②와 ③을 한 단락으로 해도 상관없다. 그런데 나누
었다. ②는 자신이 본 것을 이야기하고 ③은 자신의 생각을 이야기한
다. 강원도를 강조하기 위해 나누어 본 것이다. 그리고 강조하려고 할
때 무엇이 쓰인다고 했나? 작은따옴표이다. 묶어 주었다.

　④는 책의 이야기로 넘어간다. 자신의 보고 느낀 강원도를 지나서
본격적으로 이야기를 시작한다. 하지만 이야기를 바로 시작하지 않는
다. 책의 이야기는 ⑤에서 시작한다. 그래서 ④와 ⑤를 나누었다.

　④ 부분을 시작할 때 '그리고'를 삭제했다. '그리고'는 접속사로서
문장과 문장을 이어줄 때 사용한다. 하지만 단락을 나누면서 이어줄

필요는 없다. 삭제했다.

접속사 중에 단락을 시작하면서 사용하는 것이 있다. 대표적인 것이 '그러나'다. '그러나'는 전환의 의미도 있고 반대의 의미도 있다. 또는 강조할 때 사용하기도 한다. 접속사를 많이 사용하지 않는 글에서 '그러나'만큼 자신의 주장을 강조하기 좋은 것은 없다. 하지만 접속사를 줄이자고 했다. 글이 너무 딱딱해진다. 이유는 이미 설명하였다.

다음은 자기소개서에 있는 문장이다. 단락을 나누어 보자.

> 예 오늘날의 외교에는 더 이상 외교관은 없다. 현재 전 세계적으로 인구가 고령화가 되며, 세계 경기는 침체되어 있다. 또한 다양한 사회로 변화하였고, SNS로 인해 초연결사회가 되었다. 이러한 이유로 현재 세계의 경계가 무너지는 빅 블럭 현상이 나타나고 있다. 미래의 외교관은 특정 분야에 집중하는 직업이 아닌 융합을 이끌어내야 하며, 그러한 능력 함양을 위해 ○○외고에 지원하였다.

지원 동기를 장황하게 설명하였다. 단락까지 나누지 않으니 90퍼센트 할인 행사를 하는 옷 뭉텅이를 보는 듯하다. 자신의 소중한 지원 동기를 이렇게 취급할 이유가 있을까? 옷걸이에 걸어보자.

"오늘날의 외교에는 더 이상 외교관은 없다"

현재 전 세계적으로 인구가 고령화가 되며, 세계 경기는 침체되어 있다.

또한 다양한 사회로 변화하였고, SNS로 인해 초연결사회가 되었다. 이러

한 이유로 현재 세계의 경계가 무너지는 빅 블럭 현상이 나타나고 있다.

미래의 외교관은 특정 분야에 집중하는 직업이 아닌 융합을 이끌어내야

하며, 그러한 능력 함양을 위해 ○○외고에 지원하였다.

첫 번째 문장을 강조하였다. 자신이 외교관에 대한 생각을 나타내는 부분이다. 그리고 그다음은 세계의 현재 상황을 자신의 생각으로 설명하는 부분이다. 마지막 단락은 그런 생각을 바탕으로 지원 동기를 적고 있다.

분명 꿈보다 해몽이 좋을 지도 모른다. 글 쓴 학생은 이런 생각을 갖고 있지 않을 수 있다. 하지만 단락을 나누니 이 학생의 의도가 보인다. 그래서 단락을 나누라는 것이다. 자신의 숨겨진 능력을 세상에 드러내고 싶지 않은가. 단락 나누기가 도와 줄 것이다.

마지막으로 한 가지 추가하겠다. 글에서 '빅 블럭'이라는 단어가 낯설다. 이는 경제협력을 하는 국가들의 모임을 설명하기 위해 등장한 용어이다. 이런 단어를 쓸 때는 반드시 추가 설명이 필요하다. 잊지 말자.

사막에 오아시스 만들기

사막이 아름다운 이유

사막을 여행하고 싶어 하는 친구가 있었다. 눈만 마주치면 사막, 사막, 사막을 외쳐댔다. 도무지 이해가 가지 않았다. 사막 하면 떠오르는 것은 내게는 뜨거운 공기, 뜨거운 모래, 뜨거운 태양뿐이었다.

여름을 싫어하는 나에게 그 친구는 외계인 같았다. 그래서 물었다.

"너! 네가 타고 온 우주선이 사막에 있냐?"

그러자 친구는 초롱초롱한 눈빛으로 입을 열었다. 무슨 재미없는 얘기를 하려고 하나 기다렸다. 내 기다림에 답하듯 친구는 조곤조곤 설명을 시작했다. 친구의 설명은 어느덧 한 시간을 흐르게 했다. 그러자 그 자리에는 외계인이 아닌 괜찮은 사막 안내자가 있었다.

무슨 일이 있었을까? 왜 갑자기 내 호기심이 사막을 향하게 되었을까? 친구의 시작은 이랬다.

"사막이 아름다운 이유를 아냐?"

뜬금없었다. 친구의 질문에 눈만 멀뚱멀뚱 깜박이고 이었다. 아름답지도 않은 사막을 아름답다고 하다니……. 그리고 친구는 말을 이었다.

"사막이 아름다운 이유는 사막 어딘가에 오아시스가 숨어 있기 때문이야."

오아시스? 맞다. 사막에는 오아시스가 있었다. 온갖 부정적인 편견으로 가득 찼던 나에게 오아시스는 미쳐 생각하기 싫은 긍정적인 무엇이었다. '모든 사물에는 빛과 그림자가 있는데 그림자만 보고 살았나?'라는 자책도 밀려왔다. 오아시스가 주는 느낌은 신선했다. 고단함을 물리치는 피로회복제였고 보고 싶었던 첫 사랑이었다.

가끔 글을 읽다 보면 사막을 여행하는 느낌이 든다. 아무리 읽어도 무슨 말인지 모르겠는 글. 아무리 읽어도 끝나지 않는 글. '도대체 왜 사막이 이곳에 있지?'라는 의문처럼 '이 글은 왜 내 앞에 나타난 거지?'라는 의문을 갖게 된다. 또 '사막을 여행하다 죽으면 어떡하지?'라는 걱정처럼 '이 글을 읽다가 졸면 어떡하지?'라는 걱정도 하게 한다.

딱딱한 주제를 이야기하는 글은 쉽게 사막이 된다. 게다가 그 딱딱한 주제에 관심도 없으면 최악의 사막이 된다. 우리가 쓰는 자기소개서, 논술 모두 그에 해당한다. 자기소개서를 읽는 면접관은 정말 학생에게 관심이 있을까? 그런 경우보다는 직업이 면접관이어서 읽는 경우가 대부분이다. 논술을 채점하는 교수는 어떨까? 역시 마찬가지다. 읽기 좋고 새로운 아이디어를 제공하는 글들이 넘쳐나는데 무엇 때문에 학생이 쓴 사막 같은 글을 읽고 싶어 하겠는가? 글쓰기는 어쩌면 사막을 만드는 일이다.

어차피 사막으로 예정된 곳이 우리의 글이다. 아무도 특별한 기대를 하지 않는다. 그래서 필요한 것이 있다. 바로 오아시스. 우리는 사막의 꽃 오아시스를 만들어야 한다. 우리가 쓰는 글이 사막이면 당연히 그 사막에 어울리는 오아시스도 필요하다. 그럼 글에서 오아시스는 무엇인가?

사막 같은 글에서 오아시스는 무엇일까?

사막과 오아시스는 많이 다르다. 하나는 죽음이고 하나는 삶이다. 그 둘이 같이 있다. 그러자 죽음과 삶이 다르지 않게 되었다. 죽음에 대한 두려움이 삶에 대한 희망으로 바뀌었다. 오아시스가 하는 일이다.

글에서도 비슷하다. 자신의 주장만을 반복하면 생기가 없어진다. "물러가라! 물러가라!", "민주주의를 탄압하는 자들은 물러가라!" 시위현장에서 들리는 말들이다. 좀 더 다양한 이야기를 듣고 싶은데 격양되어 있다. 나를 이해시키기보다는 자신의 감정에만 충실하다. 그리고 끊임없이 반복한다. 물론 이는 시위의 목적에 부합한다. 그러나 보는 사람의 입장에서는 아쉽다.

우리의 글도 그렇다. 하고 싶은 말을 너무 직접적으로 계속 반복한다. 누군가 "열정을 갖고 인생을 살아라!"라고 말한다. 그 말을 들으면 열정을 가져야겠다는 생각이 드는가? 그런 말을 이렇게 말하는 사람도 있다.

연탄재 함부로 차지 마라
너는
누구에게 한 번이라도 뜨거운 사람이었느냐

안도현 시인의 시 〈너에게 묻는다〉의 한 부분이다. 많은 사람이 기억한다. 시의 제목은 몰라도 '연탄재'는 기억한다. 어쩌면 시인은 오아시스를 전문으로 만드는 사람인가 보다. 무엇 하나 직접 표현하지 않는다. '시'를 사랑하는 사람들은 그 오아시스에 취한 듯하다.

우리의 글에도 이런 오아시스가 있어야 한다. 읽는 사람이 생각하고 쉴 수 있는 장소. 글쓰기에 익숙하지 않은 사람들이 하는 실수 중 하나가 조급한 마음에 자신의 생각만 이야기한다. 그러면 안 된다. 숨이 찬다.

그렇다면 글에서 오아시스는 무엇인가? 바로 격언, 속담, 사자성어 등이 글에서 오아시스가 된다. 또는 자신의 개인적 경험도 좋은 오아시스이다. 특히 그 경험이 진실될수록 오아시스는 아름답게 된다.

다음을 보자. 봉사활동에 대한 경험을 설명하는 두 학생의 글이다. 모두 장애인을 위한 봉사활동을 하고 쓴 글이다. 비교해보자.

예 1
나는 전에 ○○센터에서 실시했던 장애인 체험 걷기 대회라는 것에 참여했다. 그곳에서 눈 가리고 산책하기, 귀 막고 공 피하기 등 다양한 장애체험을 하였다. 나는 장애체험을 하면서 장애인의 삶이 매우 힘들고 고달프다는 것을 알았다.

예 2
'나는 편견이 있었다.' 지하철에서 장애인을 보면 눈살을 찌푸리기 일쑤였다. 그런 나에게 소록도는 두려운 존재였다. 나병 환자들이 있는 곳이라는 설명을 들었다. 전염성은 없다고 하지만 걱정도 되었다.

그곳에서 봉사활동은 힘들었다. 식사, 산책 등을 도와 드렸는데 무엇 하나 익숙하지 않다 보니 애를 먹었다. 일은 힘들지만 할머니, 할아버지와 대화를 많이 할 수 있었다. 시간이 지날수록 할머니, 할아버지와 친해지게 되었다. 어린데 고생한다고도 하고 어디서 왔느냐고도 물어보시고 비록 손가락이 없으신 분부터 다리가 없는 분까지 다양했지만 어느 순간 이상하지 않았다. 편견이 사라지는 순간이었을까? 다시 서울에 와서 지하철에서 장애인을 보았는데 말을 걸어보고 싶었다.

두 글 모두 봉사활동에 대해서 쓰고 있다. 글의 길이는 두 번째 글이 더 길다. 그렇다면 이 두 글 중, 어떤 글이 더 진실 되어 보이는가?

첫 번째 글에서 글쓴이는 '장애인의 삶이 힘들고 고달프다는 것'을 알았다고 한다. 직접적으로 얘기한다. 친절한 느낌이다. 그러나 진실 되어 보이는가? 왠지 진실성을 의심하게 된다. 누군가를 위로하는 데 공감이 없다.

두 번째 글은 어떤가? 시작을 고백으로 한다. 자신이 가진 잘못된 생각을 고백한다. 자신의 단점을 들어내는 것을 좋아하는 사람은 없다. 하지만 말은 안 해도 사람들은 비슷한 단점을 갖고 있다. 그런 단점을 솔직히 말하니 집중된다. 사실 두 번째 글에서 '자신은 편견이 없어졌다'고 직접적으로 말하지 않는다. 그런데 글을 쓴 사람이 편견이 없어진 것을 알 수 있다. 무엇 때문일까? 글쓴이는 다시 경험을 이야기한다. 굳이 편견이라는 단어를 사용하지 않았지만 우리는 글쓴이에게 편견이 사라졌음을 이해할 수 있다.

당신이 면접관이라면 누구에게 더 관심을 보이겠는가? 결론은 이미 나와 있다. 비슷한 경험을 했다. 그런데 그것을 표현하는 방법 때문에 나타나는 차이는 엄청나다.

자신의 주장이나 생각을 직접 얘기하는 것은 최소한이어야 한다. 오아시스를 만들자. 사막을 아름답게 해준다. 당신의 글도 당신이 만든 오아시스로 아름다운 글이 될 수 있다.

어떻게 오아시스를 만들지?

글에는 문단이 있다. 문단은 하나의 '큰' 생각이다. 문장이 모여서 문단을 이루고 그 문단이 이루어져서 하나의 글이 된다. 오아시스는 그런 문단 안에 있을 수도 있고 하나의 글에 문단으로 있을 수도 있다.

오아시스를 큰 오아시스와 작은 오아시스로 나누어 보자.

우선 작은 오아시스부터 보자. 작은 오아시스는 문단 속에 있다. 이는 어려운 이야기를 쉽게 설명하는데 도움을 준다. 비유를 하거나 예시를 들어주는 것이 작은 오아시스라고 보면 된다.

큰 오아시스는 하나의 문단이다. 사자성어로 하나의 문단을 만들어서 이해를 돕거나 개인의 경험으로 글을 시작하여 주제를 말하기 전에 환기를 시킨다. 때때로 큰 오아시스는 글 전체를 이끄는 도구로 사용된다.

기억하는가? 왜 오아시스를 만드는지? 맞다. 사막을 여행하는 사람에게 휴식을 주기 위해서다.

글에서도 마찬가지다. 비유나 예시를 들어주는 것은 글을 읽는 사람을 잠시 쉬게 한다. 그러면서 앞의 내용을 정리할 수 있게 해준다. 오아시스가 사막을 건너는 여행자를 도와주듯이 비유나 예시는 글을 끝까지 읽을 수 있게 해준다.

사람의 기억력은 비슷하다. 잠을 자야지 기억력이 더 좋아지고 오래 간다. 그래서 밤새워 공부한다고 성적이 쉽게 오르지 않는 것이다. 글도 자신이 하고 싶은 이야기를 쉽게 이해하고 생각하게 하여야 한다. 무작정 자신의 주장만 하는 것은 지루하고 답답하다.

다음의 문장에 오아시스를 만들어보자. 실제 자기소개서에 있는 문장이다.

예 | 우리나라에 있었던 병인양요, 신미양요의 역사적 일들을 회상하며 미국과 프랑스 함대가 통상을 요구하며 들어왔던 광성보에서 선조들의 아픔을 느낄 수 있었다.

평범한 문장이다. 물론 내용은 선조의 아픔을 느끼는 위대한 현장을 이야기한다. 이런 개인적 느낌을 전달할 때는 대화체 문장을 사용해보는 것이 좋다.

 "원통하다. 이 힘없음이 원통하다." 우리나라에 있었던 병인양요, 신미양요의 역사적 일들을 회상하며 미국과 프랑스 함대가 통상을 요구하며 들어왔던 광성보에서 선조의 목소리가 들리는 것만 같았다.

큰따옴표로 대화체 문장을 앞에다 집어넣었다. 그리고 다음 문장의 끝을 '목소리가 들리는 것만 같았다'로 변경하였다.

자신의 경험을 직설적으로 이야기하면 공감이 잘 안 된다. 위 예에서 '아픔'이 그런 단어다. 감기가 걸려도 어디가 아픈지 설명해야 한다. 단지 '감기다'라고 하면 증상이 어떤지 모를 수 있다. 목이 아픈지 콧물이 나오는지 기침이 나오는지. 개인적 경험을 이야기할 때는 최대한 친절하게 상황을 설명해주어야 한다. 아픔을 느꼈으면 어떤 아픔인지 묘사해주는 것이 필요하다.

다음의 글에도 오아시스를 만들어보자.

 비가 많이 왔고 발을 다쳤기 때문에 유적지 탐사가 어려웠다. 그때 예전

에 도움을 주었던 한 친구가 유적지를 볼 수 있도록 도와주었다. 친구 간

의 우애와 존중을 배울 수 있었다.

유적지를 갔다가 일어난 일을 이야기하며 교훈을 얻었다고 말한다. 그래서 어쩌라고? 교훈을 얻었으니 '나 교훈 얻은 사람이야'라는 건가? 교과서만 보아서 교과서적으로 말하는 건가?

이런 글은 무언가 부족해 보인다. 자신의 감정을 직접 이야기해서는 공감을 할 수 없다. 교훈은 스스로 얻는 것이다. 자신이 얻은 교훈을 말하면 그건 그냥 공기로 사라질 뿐이다. 교훈을 얻을 상황을 이야기하면 된다. 그게 정답이다. 교훈을 얻고 말고는 읽는 사람의 몫이다.

비가 많이 왔고 발을 다쳤기 때문에 유적지 탐사가 어려웠다. 그때 예전에 도움을 주었던 한 친구가 유적지를 볼 수 있도록 도와주었다. 솔로몬이 말했다. "궁핍과 곤란에 처한 때야말로 친구를 시험하기 가장 좋은 기회이다" 이 말이 공감 갔다.

마지막 문장을 솔로몬 왕의 명언으로 바꾸었다. 사소해 보인다. 그런데 글은 여유가 생겼다. 읽는 사람에게 명언을 보며 생각할 시간을 주었다. '내가 얻은 교훈을 당신도 느껴보는 것은 어떻겠는가?'

마지막 부분을 고사성어로 바꾸어도 되고 옛날이야기로 바꾸어도

된다. 이러한 것들이 오아시스다. 사막을 건너다가 만나는 휴식처. 좋은 글은 읽는 사람을 배려해 준다. 배려하자. 내 글은 나만 읽으려고 쓰는 것이 아니다. 보여주려고 쓰는 것이다.

물론 오아시스를 너무 많이 만들면 가치가 떨어진다. 사막은 여전히 사막으로서의 매력이 있지 않겠는가. 사막의 가치를 떨어지지 않게 하려면 적절하게 만들어야 한다. 내가 하고자 하는 이야기와 연결되어 있어야 한다. 사막에 오아시스 대신 사우나가 있으면 이상하지 않겠는가.

이름을 불러주어야 꽃이 된다
─명쾌하게 쓰자

기분 나쁜 칭찬

초등학교 2학년 때 선생님에게 칭찬을 들었는데 기분이 나빴다. 사정은 이랬다.

같은 반에 나하고 이름이 비슷한 친구가 있었다. 만약 내 이름이 '이영철'이라면 그 친구 이름은 '이용철'이었다. 솔직히 이게 헷갈릴 이름인지 모르겠다.

사실 그 친구는 공부도 잘했다. 자연스럽게 선생님은 그 친구 이름을 자주 불렀다. 그에 반해 난 조용했다. 뭐 수업 시간에 할 말이 그리

많겠는가. 적당히 딴생각 좀 하고 집에 가서 뭐 하고 놀지 고민하다 보면 수업 시간도 짧았다.

그런데 그날따라 발표가 하고 싶었다. 왜냐하면 알고 있는 문제를 선생님이 물어보셨기 때문이다. 1년에 한 번 정도는 세배하는 기분으로 손을 들었고, 정답을 맞혔었다.

문제는 그때부터 시작되었다. 선생님은 칭찬을 한다고 하면서, 내 이름이 아닌 공부 잘하는 '용철이'를 불렀다. 잠시 정적. 나도 알고 친구들도 알고 이름이 불린 용철이도 알지만 누구 하나 말하지 못하는 상황이었다.

결국 내 칭찬은 나에게 오지 않았다.

또 하나의 기분 나쁜 칭찬이 있었다. 물론 같은 선생님한테서 겪었다. 이름 사건이 잊혀질 무렵 엄마가 학교에 오셨다. 그 기분 아는가? 특별히 잘못한 것은 없었지만 왠지 걱정되는 상황. 나에게는 바로 그게 엄마가 학교에 오는 날이었다.

담임선생님과 면담을 마친 뒤 엄마랑 집에 같이 갔다. 엄마의 표정을 미리 확인하니 나쁘지 않았다. '대충 큰일은 없겠구나.' 하고 안심했다. 당연히 주제는 면담 이야기였다. 엄마는 선생님이 내 칭찬을 많이 해주셨다고 하셨다. '정말? 내 이름도 헷갈리는 선생님이?'라고 묻고 싶었지만 참았다.

잠자코 듣고 있었다. 물론 조금의 기대도 있었다. 엄마는 전해주셨다. 내가 착하고 예의 바른 학생이면서 공부도 열심히 하는 학생이라고.

"그래? 그게 전부야?"

나는 다시 물었다. 뭔가 기대를 하고 있었나 보다. 싱거웠다. 왠지 예의상 한 칭찬 같은 기분이 들었다.

사실 그때 처음 알았다. 칭찬은 고래도 춤추게 할 수 있지만 영혼 없는 칭찬은 기분도 나쁘게 할 수 있다는 것을.

다시 글쓰기 이야기로 돌아오겠다. 가끔 글을 쓰다 보면, 눈앞이 안개 때문에 안 보일 때가 있다. 물론 진짜 안개는 아니다. 그런데 안개에 갇힌 답답함이 밀려왔다. 그래서 '왜 그런가?' 하고 고민해 보았다.

그러다 문득 알아차렸다. 그 안개에 갇힌 답답함은 내 스스로 만들고 있었다. 특히 잘 알지 못하는 주제에 관하여 쓸 때만 되면 증상이 시작되었다. 확실하게 모르니 대충 '어떤'이란 단어를 사용하며 넘어갔다. '어떤 사람이', '어떤 친구가', '어떤 시험이'

이런 나의 모습에 제대로 칭찬하지 않던 담임선생님이 떠올랐다. 아마도 무언가에 관하여 내가 쓸 때 제대로 알지 못하면 그 글의 주제는 어린 시절 내가 되는 듯하다. 나는 담임선생님이 되는 것이고.

글쓰기는 누군가를 칭찬하는 것과 같다. 칭찬은 어떻게 해야 하나? 맞다. 분명하고 구체적으로 해야 한다. 그렇지 않으면 칭찬이 죽는다. 글도 분명하게 구체적으로 써야 한다. 안 그러면 죽는다. 열심히 글을 썼는데 영혼이 없다는 평가를 받고 싶은가? 자신의 진심을 구체적으로 분명하게 표현하자.

'명확하게 써라.' 글에 영혼을 줄 것이다

철학이 어려운 이유는 간단하다. 무언가를 설명하는 낱말의 추상성 때문이다. 불교계의 대 스님 중에 성철 스님이라는 분이 계셨다. 그분이 남긴 말 중 유명한 말이 바로 이거다.

"산은 산이요, 물은 물이로다."

한쪽에서는 그 스님의 깨달음에 감탄하는 소리가 들린다. 아마도 그 스님이 살아온 과정이 그런 울림을 만들었을 듯하다. 하지만 단지 이 말만 들었을 때는 뜬구름 잡는 이야기로밖에 안 들린다. 도대체 그 산은 무슨 산인데?

글쓰기에서 읽는 사람은 작가의 삶을 모른다. 글쓴이는 글로만 나타날 뿐이다. 그래서 글은 무조건 구체적으로 써야 한다. 평가는 글로 밖에 할 수 없지 않겠는가?

난 글에 영혼을 담을 수 있다고 믿는다. 그럼 어떻게 담을 수 있을까? 그 해답이 구체적으로 써야 한다는 것이다. 단지 '바다'를 좋아한다고 하기 보다는, '동해 바다'를 좋아한다고 해보자. 더 명확해진다. 무언가를 설명할 때, 항상 구체적인 숫자나 낱말을 사용하자. 글을 명확하게 쓰는 기본 토대가 된다.

다음의 문장을 보자.

 학원을 그만두고 집에서 혼자 공부하면서 성적이 많이 올랐다.

문장 자체로는 무난하다. 하지만 문장에 생기가 없다. 죽어 있는 느낌이다.

무엇이 문제일까? 글에서는 무엇 하나 분명하지 않다. 막연하다. 이렇게 막연하게 문장을 쓰면 당연히 설득력도 떨어진다. 글은 읽는 사람을 설득하기 위한 도구다. 감동을 주던 정보를 주던 모두 설득이다.

다음의 문장을 비교해보자.

 영어학원을 그만두었다. 집에서 혼자 하루에 네 시간씩은 공부하였다. 성적은 150등에서 50등이 되었다.

교정한 문장을 보자.

무언가를 설명하거나 설득하려고 할 때는 자신의 정보를 최대한 보여주어야 한다. 막연히 '나 성적이 많이 올라서 이젠 공부 잘하는 사람이야.'라고 말하면 듣는 입장에서는 황당하다.

특히 막연함은 읽는 사람의 불필요한 궁금증만 높아지게 한다. '얼마나 많이 올랐는지, 어떻게 올랐는지.' 궁금하게 된다. 그런데 이런 불필요한 궁금증은 좋지 않다. 읽는 사람의 글에 대한 이해를 방해하게 된다.

명확하기 위해서는 구체적으로 써야 한다

장하늘 선생님의 《글 고치기 전략》이라는 책이 있다. 그곳에서 구체적이란 낱말의 뜻을 풀어준다. 우선 '구체적'이란 말에는 네 가지 요소가 있다고 한다. 첫째 요소는 '육하원칙'이고, 둘째 요소는 숫자적 표현이며 셋째 요소는 고유명사 따위가 많다는 점, 넷째 요소는 글이 '묘사적'으로 기운다는 점이다.

첫 번째 요소에서 '육하원칙'은 언제, 어디서, 어떻게, 무엇을, 왜, 누가 했는지 설명하라는 뜻이다. 즉, 어떤 경험한 일을 설명할 때는 육하원칙에 맞게 전체 상황을 설명해야 한다는 뜻이다.

두 번째 요소인 숫자적 표현은 위의 예문처럼 '성적이 많이 올랐다.'로 말하기보다는 구체적인 숫자를 사용해서 '150등에서 50등으로 올랐다.'라고 표현하면 명확해진다는 뜻이다.

세 번째 요소인 '고유명사가 많다.'는 누군가를 막연하게 부르기보다는 정확하게 이름을 부르라는 뜻이다. '나는 영화가 좋다.'라고 하는 것보다는 '나는 영화 〈겨울 왕국〉이 좋다.'라고 말하는 것이 분명하다. 당연히 분명하면 이해하기도 쉬워진다.

마지막 요소인 '묘사적으로 기운다.'는 자세하게 설명하라는 뜻이다.

한 번 스마트폰에 대해서 이야기해보자. '나는 하얀색 스마트폰을 갖고 있다.'라는 문장과 '내 스마트폰의 크기는 손바닥만 하고 모서리는 둥글다. 색깔은 하얀색, 하지만 뒷면은 은색이다. 케이스는 검은색이고 보호필름에는 작은 물방울이 있다.'라는 문장을 비교해보자. 어떤 문장이 스마트폰을 상상하게 하는가?

구체적인 묘사는 읽는 이를 상상하게 한다. 상상하면 읽는 사람은 집중하게 되고 이해하게 된다. 글이 묘사적으로 기운다는 말은 읽는 사람을 자꾸 글에 빠지게 한다는 뜻이다.

내가 그의 이름을 불러 주기 전에는
그는 다만
하나의 몸짓에 지나지 않았다.

내가 그의 이름을 불러 주었을 때

그는 나에게로 와서

꽃이 되었다.

　김춘수 시인의 〈꽃〉 이라는 시의 일부분이다. 시인은 말한다. 이름을 모를 때 세상의 사물은 의미 없다. 하지만 내가 그를 부르면 그는 나에게 의미 있는 존재가 된다.

　글도 마찬가지다. 하나하나 관심을 갖고 표현하고 묘사하면 꽃이 된다. 내 글이 의미 없는 몸짓에 지나지 않아야 하겠는가. 이름을 불러주자. 나의 글이 꽃이 될 것이다.

어렵게 쓸까 쉽게 쓸까,
그것이 문제로다

어느 작가 지망생의 고민

신춘문예(新春文藝). 꽃 피는 봄, 신문사에서 작가가 되고 싶은 이들의 글을 받은 뒤, 그중 맛깔 나는 글을 쓴 사람에게 작가라는 이름을 붙여주는 행사이다. 지금도 작가의 꿈을 가진 많은 이들이 책상 앞에서 모니터의 깜박이는 커서와 눈물겨운 눈 맞춤을 하고 있다.

그 신춘문예에 도전장을 낸 친구가 있었다. 처음 작가가 되고 싶다던 이야기를 뚫린 입으로 들었을 때 난 웃었다.

"어허 이놈이 무엄하다. 네놈이 아무리 무식해서 '작가'라는 말의 뜻을 모를지언

정, 어찌 함부로 '작가'가 되고자 하는 것이냐?"

친구는 머리를 조아리며 말했다.

"황송하오나, 소인은 꿈이 있습니다. 인종 차별 금지를 외친 루터 킹 목사의 꿈 보다는 작지만, 소인도 꿈이 있습니다."

"어허, 뻔뻔함이 어찌 이리도 하늘을 찌른단 말이냐? 네놈을 내가 초등학교 1학 년 때부터 봐왔거늘. 단, 한 번도 받아쓰기 시험에서 50점을 넘긴 적이 없는데 어찌 '작가'가 된단 말이냐."

초등학교 때부터 친했다. 저렇게 놀려도 기분 나빠하지 않았다.

그런 대화가 있고 나서인지, 친구는 겨울만 되면 곰이 되었다. 불러도 대답 없고 놀자고 해도 바쁘다고 하고. 겨울에 친구는 떠나고 내 곁에는 심심함이 남았다. 어느덧 봄. 개나리가 눈을 뜨고 목련이 손을 들고 벚꽃이 웃는다. 그 봄에 헝클 어진 머리, 무릎 나온 트레이닝복을 입은 채 친구가 만화가게에서 나온다. 반가 운 마음에 불렀다.

"어이, 김 작가! 독서하고 오냐?"

친구는 나를 힐끗 보더니 지나가던 개를 보던 표정으로 말한다.

"시끄럽다. 마음이 무척 혼란스러우니 물러가라."

난 아래 사람을 대하는 태도에 아랑곳하지 않고 대꾸한다.

"왜, 떨어졌냐? 원래 첫술에 배 안 부른다. 더 열심히 하면 잘 되겠지."

그러자, 친구는 얘기 좀 하자며 나를 편의점으로 이끈다. 그리고 고민을 얘기한 다. 그는 자신의 글이 너무 수준이 높아서 심사위원들이 알아보지 못한다고 넋

두리를 풀어놓는다. 그래서 좀 보자고 했다. 얼마나 수준이 높은지.

친구의 글은 정말 어려웠다. 읽고 있는데 지루한 느낌이 계속 들었다. 낱말도 어렵고 문장도 어려웠다. 그러니 글도 어려웠다. 중간쯤 읽다가 말했다.

"좀 쉽게 쓰면 안 되냐? 뭔 말인지 모르겠어."

친구는 톨스토이의 《부활》이나 헤밍웨이의 《노인과 바다》같은 작품을 쓰고 싶다고 했다. 시간이 지나도 많은 사람이 좋아하고 계속 읽히는 작품. 그래서 어렵게 쓴다는 것이다.

쉬운 글이 좋은 글일까?

고민이 시작되었다. 어떤 글이 좋은 글일까? 쉽게 쓰인 글은 유치해 보일까 봐 걱정되고 어렵게 쓰인 글은 읽히지 않을까 봐 걱정되고. 짚신 장수와 우산 장수 아들을 둔 엄마의 심정이었다.

우리에게는 기준이 없었다. 길이를 재기 위해서는 '자'가 필요하고 무게를 측정하기 위해서는 '저울'이 필요하다. 그러나 '좋은 글'이 무엇인지 어떻게 알 수 있는가? 누가 이 글은 좋은 글이라고 말하면 좋은 글이 되는가? 수학처럼 맞고 틀리고가 정해지지 않는 분야이다.

우리는 다른 사람의 의견을 묻기로 했다. 특히 그 사람이 좋은 글을 쓴다고 평가받는다면 왜 그런지 알려 줄 수 있을 듯했다. 정확한 답을 얻으려면 질문은 단순해야 한다.

'쉬운 글은 좋은 글일까?'

우리의 질문이었다. 이 답을 위해 여러 책을 찾아보기로 했다. 그때 등장한 한 사람이 있었다. 바로 쇼펜하우어이다. 그는 칸트와 더불어 독일 철학의 기둥을 이루고 있는 철학자다. 그가 말했다.

"아무도 이해할 수 없게 쓰는 것만큼 쉬운 일은 없다. 모든 사람이 알아들을 수 있게 쓰는 것만큼 어려운 일도 없다. 문장이 난해해 이해할 수 없는 것은 분별이 없어 멍청한 사람과 같다. 깊은 의미가 거기 숨어 있는 것이 아니라 속임수를 쓰고 있는 것이다."

명쾌했다. 쇼펜하우어는 분명히 쉽게 쓰라고 말했다. 생각해보니, 맞았다. 어려운 것을 어렵게 설명하기는 쉽다. 하지만 어려운 것을 쉽게 설명하기는 쉽지 않다. 학교에서 선생님을 '잘 가르친다.'라고 평가할 때를 생각해보자. '그 선생님은 쉽게 설명해줘서 좋아.'라고 하지 '그 선생님은 어렵게 설명해 줘서 좋아.'라고 하나? 하지만, 아직 친구는 확신을 갖지 못했다. 자신의 철학을 바꾸는 순간이니 빈대 떡 뒤집듯이 할 수 없었다.

친구가 좋아하는 작가 중 서머싯 몸이 있었다. 영국의 작가다. 무엇이 이 친구를 사랑에 빠지게 한지 모르겠지만 입만 열면 그 사람 이야기였다. 특히 그 작가의 작품 중 '면도날'에 나오는 주인공을 좋아했다. 주인공이 진정한 인생을 찾기 위해 고민하는 과정이 자신과 같다고 하면서 말이다.

어이없었다. 아이스크림 하나 사주면서 벌벌 떠는 인간이 어디 1차 대전에 참전

한 주인공과 비슷하다고 하는지.

사랑에 빠지면 누군가에게 잘 보이고 싶다. 바보 온달이 평강공주에 의하여 장군이 된 것처럼. 서머싯 몸이 내 친구에게 평강공주였을까? 서머싯 몸은 말했다. "나는 독자에게, 자기가 쓴 글의 뜻을 이해하도록 노력해 달라고 요구하는 작가들에 대해서는 도저히 참을 수가 없다."

서머싯 몸도 쉽게 쓰라고 한다. 어렵게 써서 괜히 읽는 사람 짜증나게 하지 말란다. 친구의 눈빛이 흔들렸다. 그리고 침묵. 그리고 무언가에 잠긴 듯이 바람과 함께 사라졌다.

쉽게 쓰기가 가장 어렵다

뜨거웠다. 잠시 흩뿌리는 소나기에 지렁이들이 샤워를 나왔다가 뜨겁게 전사했다. 난 지렁이처럼 밖에 나갈 용기가 없었다. 그냥 집에서 이리 누웠다가 저리 누웠다가 하면서 천장의 이모저모를 쳐다보고 있었다. 그때 초인종이 소리 질렀다.

"문 열어!"

친구였다. 봄에 보고 갑자기 여름에 들이닥쳤다. 반가운 마음 숨기면서 인터폰으로 말했다.

"웬 놈이냐?"

친구는 넉살 좋게 대답했다.

"이리 오너라!"

같이 소파에 멍하니 TV에 영혼을 팔고 있는데 무언가를 내민다. 표지에 '신춘문예'라고 쓰여 있다. 제목이 '소설 제목이 신춘문예이냐?'라는 농담 섞인 질문에 우선 읽어보란다.

10분 정도 읽었다. 친구는 재촉의 눈빛을 보내며 입을 실룩거렸다. 그리고 한마디.

"어떠냐? 전보다는 괜찮지 않냐?"

"응, 전보다는 낫다. 근데 이거 너무 쉬운 거 아냐?"

친구의 글은 쉬웠다. 근데 그거뿐이었다. 사람들이 쉬운 글을 좋아하는 이유는 어려운 것을 쉽게 쓰기 때문일 것이다. 하지만 그 반대는 아니다. 쉬운 것을 어렵게 쓴다든지, 혹은 쉬운 것을 쉽게 쓰는 것을 좋아하지는 않는다.

친구가 좋아한 작가 서머싯 몸이 극찬한 작가가 있다. 바로 프랑스의 여류작가 '가브리엘 콜레트'이다. 서머싯 몸은 그녀를 쉬우면서 좋은 문장을 쓴다고 극찬했다. 그런데 그녀의 하소연은 쉽지 않았다.

그녀는 서머싯 몸에게 말했다.

"내가 문장을 쉽게 쓴다고 하지만, 나 자신은 온종일 걸려 반 페이지도 못 쓰는 날이 너무나 많다."

글을 쉽게 쓰는 것이 얼마나 어려운지 그녀는 고민한다.

'글이 쉽다'라는 뜻이 내용이 쉽다고 오해할 수 있다. 근데 쉬운 내용을 굳이 쉽게 쓸 필요 있을까? 쉬운 글을 쓰라는 말은 어려운 내용을 쉽게 쓰라는 것이다.

그녀가 왜 시간이 많이 걸릴까? 당연히 쉬운 내용을 쉽게 쓰는 것이 아니기 때문이다.

친구는 다시 겨울잠을 자러 산으로, 아니 집으로 갔다. 이번에는 어떤 글을 들고 들이닥칠지 기대된다.

논리적인
글쓰기

논리적인 글쓰기란 무엇인가?

'논리'란 무엇인가?

"야! 논리가 뭐냐?"

먼지를 옷 삼아 책장에 잠들어 있는 사전을 꺼냈다. 툭툭 털어서 잠에서 깨운 뒤 물어본 말이다.

논리적인 글쓰기를 이야기하기 위해서는 '논리가 무엇인지'부터 설명해야 할 것 같다. 나는 뜻을 쉽게 알려는 요량으로 사전을 뒤적뒤적거렸다. 달랑 두 글자 찾는 것이니 뭐가 어렵겠는가? 하지만 찾기 쉬운 만큼 그 가치가 크지는 않았다.

뜻은 두 개가 있었다. 하나는 '생각이나 추론이 지녀야 하는 원리나 법칙'이고 다른 하나는 '사물의 이치나 법칙성에 둔 사고방식'을 의미한다고 되어 있다. 이런 난감함이 있을까? 사전을 찾아보았는데도 무엇 하나 분명하지 않다니. 혹시 '논리'의 정의가 바로 이해 가는가? 나만 더 어려워진 느낌인가?

괜히 논리적인 글쓰기가 어려운 게 아니었나 보다. 그냥 글쓰기도 어려운데 논리적인 글쓰기를 하라니. 게다가 논리는 무엇이란 말인가? 이건 늑대를 피해 도망가다 호랑이를 만난 격이다. 그래도 포기할 수 없다.

기계를 사용하다 고장이 나면 분해를 한다. 어디가 고장이 났는지 알아보기 위한 필수 과정이다. 그리고 분해를 하면 안 보이던 부분이 보이다. 합쳐져 있을 때는 서로 돕고 있어서 무슨 역할을 하는지 모르지만 떨어져 있으면 각자의 역할이 보이게 된다. 문장도 비슷하다. 문장은 낱말로 이루어졌다. 낱말의 의미를 정확히 파악하면 문장의 의미도 정확히 알 수 있게 된다.

그럼 '논리'의 사전적 의미를 분석해보자. 우선 '생각'이란 단어가 보인다. 특별한 설명이 없어도 뜻은 알 거 같다. 바로 다음에 보이는 '추론'이란 단어는 '생각'과 동등하므로 빼어버리겠다. 그리고 그 '생각'이 지녀야 하는 '원리'나 '법칙'이 논리라고 하였는데 그게 조금 애매하다. 도대체 '원리'나 '법칙'이 무엇이란 말인가?

자세히 보니 그냥 '원리'와 '법칙'이 아니다. 생각이 지녀야 할 원리나 법칙이라고 한다. 그럼 생각은 누가 하는가? 당연하지 않은가? 바로 사람이다. 그렇다면 정답은 나왔다. 논리는 사람이 하는 생각의 법칙을 알면 된다.

문제는 다시 이어진다. 그렇다면 사람은 어떻게 '생각'을 하는가?

사람들은 아무것도 보지 않고 생각하지 않는다. 보거나 듣거나 맛보고 나서 생각을 하게 된다. 컴퓨터에 정보가 입력되지 않고는 처리하지 않는 것처럼, 사람도 똑같다. 무엇인가 눈과 귀 혹은 코를 통해서 정보를 받아들이고 그것을 생각하게 된다.

그런 사람의 생각에는 연결고리가 있다. 만약 누군가가 방귀 냄새를 맡았다면 우리는 기분이 안 좋아지거나 고약하다고 생각한다. 그리고 궁금해진다. 이 방귀는 누가 뀌었지? 그 냄새의 처음 나온 곳이 문제로 등장한다. 그리고 그 냄새가 나는 곳을 찾았으면 그다음은 아래 질문으로 이어질 수 있다.

"그는 도대체 왜 그렇게 냄새나는 방귀를 뀌었을까?"

바로 이런 '생각'과 '생각'의 연결고리가 생각의 법칙이다. 논리는 이것을 말한다. 생각의 연결고리.

이것을 어렵게 얘기하면 '인과관계'라고도 한다. 어떤 결과가 있으면 어떤 원인이 있다는 뜻이다. 과학자 뉴턴이 사과나무 밑에서 사과가 떨어지는 것을 보고 의문을 가졌던 이유이기도 하다. '분명 사과가 떨어진 결과에는 사과를 떨어지게 한 원인이 있을 텐데…….' 뉴턴은 생각했다. 그리고 그 원인을 찾다 보니 '만유인력의 법칙'이 나온 것이다.

정리하면, 논리는 단순하다. 논리란 '우리가 무엇인가를 보고 그 이유를 찾아가는 과정'이다. 거기에는 단 하나의 규칙이 있을 뿐이다. '결과가 있으면 원인도 있다' 그 원인을 설명하지 못하면 논리적인 사람이 될 수 없다.

생각해 보자. 가령 사이비 종교를 믿는 사람을 논리적이라고 말하는가? 그럴 수 없다. 그는 믿으라고 강요할 뿐이다. 자신이 믿는 신의 존재를 설명하지 못한다. 그래서 사이비 종교를 믿게 하려고 앉은뱅이가 갑자기 일어나고 장님이 눈을 뜨는 공연을 한다. 사람들에게 원인을 알려주려고 말이다.

논리의 사전적 정의에는 위와 같은 뜻이 포함되어 있다. 그것을 짧게 설명하려니 무슨 원리나 법칙이라고 설명하게 되는 것이다. 이것만 기억하자. 생각의 연결고리가 논리다. 그리고 그 연결고리를 만드는 것은 원인과 결과이다.

논리적인 글쓰기의 시작

논리는 생각의 연결고리다. 논리적 글쓰기 역시 크게 다르지 않다.

글에 생각의 연결고리가 있으면 논리적인 글이 된다. 사실 말은 쉽지만 쓰기는 쉽지 않다. 맞다. 축구 경기에서 하늘을 향해 슛을 날리는 선수를 봐라. 왜 골을 못 넣는지 이해 못 한다. 하지만 막상 해보면 그 선수가 얼마나 축구를 잘하는지 알게 된다.

연습해야 한다. 슛도 시도해봐야 잘할 수 있다. 누구나 다 잘하면 뭐가 문제겠는가? 그런데 연습을 한다고 해도 방법을 알아야 한다. 무작정 한다고 잘할 수 있는 것이 아니다. 여기서 이야기하는 논리적인 글쓰기는 쉽게 잘할 수 있지 않다. 연습이 필요하다. 그 연습을 위해서 지금 이야기를 시작한다. 정확히는 연습 방법을 알려주려고 한다.

퀴즈를 하나 내겠다. 고속버스와 KTX 기차표를 살 때 공통으로 해야 하는 것이 무엇인지 아는가? 정답이 시시하다. 바로 목적지를 말하는 것이다. 목적지 없이는 어떤 버스나 기차도 출발하지 않는다. 바다를 항해하는 선박도 목적지 없이는 절대로 항구를 떠나지 않는다.

글도 마찬가지다. 논리적인 글을 쓰기 위해서는 우선 목적지가 있어야 한다. 그럼 글에서 목적지는 무엇일까? 바로 주제다. 글을 쓰는 사람이 읽는 사람에게 하고 싶은 말. 바로 내가 하고 싶은 말을 아는 것이 처음 필요하다.

그다음에 필요한 것은 무엇일까?

만약 당신이 어떤 목적지를 가야 한다면 버스를 타는지 기차를 타는지 결정해야 한다. 수단을 정해야 한다. 글에서도 이것이 필요하다. 세부적인 계획. 어떻게 목적지에 도착할지 예상해야 한다. 이것을 '개요'라고 한다. 교과서에서는 이 세부적인 계획을 '서론—본론—결론'이라고도 하고, '기승전결'이라고도 한다. 둘은 특별히 다르지 않다.

여기서 잠깐 다시 친구에게 돈을 빌려보자. 무엇을 먼저 해야 하나? 돈을 빌리려면 우선 빌려달라고 단도직입적으로 말하는 게 좋다고 했다. 싸움의 기술이다. 하지만 그것이 전부는 아니다. 주장을 했으면 그 주장에 이유를 이야기해야 한다.

보통 돈을 빌리려는 사람은 자신의 처참한 상황을 설명한다. 동정에 호소한다. 그리고 자신이 돈을 빌리면 '얼마를 빌려야 하는지', '어떻게 갚을 수 있는지'를 말한다. 나아가 돈을 갚아야 하는 날짜를 어기면 어떻게 할지까지 이야기하면 돈을 빌려주는 사람은 더 쉽게 설득할 수 있다. 마지막으로는 돈을 빌려줘서 내가 기쁘다는 마음을 표현하면 좋다. 혹은 걱정하지 말라고 말을 할 수도 있다. 이 모든 과정이 돈을 빌릴 때 필요하다.

글도 똑같다. 위의 예에서 자신의 처참한 상황을 설명하는 것이 서론이다. 내 이야기를 듣게 하려고 자극적인 이야기를 하는 부분. 그리고 다음에 나오는 얼마를 빌리는지, 어떻게 갚는지, 돈을 못 갚으면 어떻게 할지를 말하는 부분이 본론이다. 돈을 빌려주는 사람에게는 이런 것들이 가장 중요하지 않을까? 마지막으로 돈을 빌려주면 감사의 마음을 표현하거나 걱정하지 말라고 하는 부분이 있다. 이것이 결론이다.

글의 전체 구성은 최소한 이렇게 짜야 한다. 목적지를 정한다. 그리고 그 목적지를 가는 방법을 정한다. 마지막으로 도착했을 때의 감정을 이야기한다. 쉽지 않은가? 말만 쉬울 뿐이다. 연습해야 한다. 잊지 말자.

왜 논리적인 글쓰기가 안 될까?

그건 아마도 논리가 없어서 안 될 것이라 생각할 것이다. 하지만 논리가 무엇인가? 생각의 연결고리 아닌가. 생각이 없는 사람은 없다. 우리 모두 생각할 수 있다. 그건 우리 모두 논리적인 글쓰기를 할 수 있다는 뜻이다. 다만, 생각의 연결고리를 이어주지 못해서 쉽지 않을 뿐이다.

다음은 '사랑방 손님과 어머니'를 읽은 중학생의 독후감이다. 마지막 부분에서 이 글을 읽고 하고 싶은 이야기를 한다. 같이 보자.

 이야기를 처음 읽을 때는 옥희 엄마는 아저씨를 좋아하는 것 같은데 왜 좋아하는 것을 숨기는 걸까? 라는 물음이 생각났지만 이때에는 여자가 재혼을 하는 것을 안 좋게 생각하는 것 때문이었다. 나는 이 옥희 엄마가 이 시대에 태어나지 않고 요즘처럼 재혼해도 격려해주는 시대에 태어났다면 아마 아저씨와 옥희 엄마는 결혼하였을 것이라고 생각한다. 이처럼 이 엄마가 불쌍하기도 하지만 좋아하는 마음을 혼자서 숨기고 참는 인내력에 감동하였다. 나도 이 엄마처럼 모든 감정을 방출하지 말고 참는 방법을 배워야겠다.

위의 예문은 독후감의 결론이다. 자신이 이 책을 읽고 느낀 점을 쓰고 있다. 그런데 이 마지막 부분이 논리적으로 보이는가? 나는 전혀 그렇지 않아 보인다. 이 글을 읽고 알 수 있는 것은 이 학생이 참 억지로 글을 쓰고 있다는 것뿐이다.

왜 그런 것일까? 왜 논리적으로 보이지 않는가? 그 질문에 답하기 위해서는 다른 질문을 해야 한다. 바로 이 글의 주제가 무엇인가?

독후감은 책을 읽고 느낀 점을 쓰는 것이다. 결국 자신이 느낀 점이 글의 주제가 된다. 그런데 이 학생은 무엇을 느꼈는가? 처음에는 옥희 엄마가 불쌍하다고 하였다. 그런데 갑자기 그런 불쌍함에 대한 마음은 어디로 가고 인내력에 감동하고 있다. 게다가 그런 뜬금없는 인내력에 감동하면서 자신도 인생의 교훈을 얻는다. '나도 이 엄마처럼 모든 감정을 방출하지 말고 참는 방법을 배워야겠다.'라고.

처음에 '논리는 생각의 연결고리'라고 하였다. 그 고리가 맞지 않으면 논리적인 글이 안 된다. 위의 글처럼 엄마가 시대의 분위기에 의하여 재혼을 못 한다고 이야기하였으면 그것이 옳고 그른지 판단해볼 수 있을 것이다. 혹은 여성의 삶에 대해서 좀 더 이야기할 수도 있다. 마지막 바로 윗부분에서 글쓴이는 옥희 엄마의 인내력에 감동하였다고 하였다. 그런데 우선 그것이 인내력 문제인가? 한 번 생각해볼 필요가 있다.

마지막에 감정을 참는 방법을 배운다고 하였는데 그 방법은 어떻게 배울 것인가? 감정을 참는 것이 옳은지 그른지는 아직도 궁금하다.

이렇게 읽는 사람이 많은 궁금증을 갖게 되면 비논리적인 글이 된다. 논리적인 글에 대해서는 글 자체에 읽는 사람이 빠져서 질문을 하지 않는다. 생각을 한다. 물론 글 자체가 질문을 하면 생각해볼 수 있지만 글 자체에 대하여는 질문을 하지 않는다. 궁금증은 사람을 글에 빠지지 못하게 한다.

그렇다면 반대로 생각해보자. 무엇이 논리적인 글인가. 몰입을 방해하는 글이 논리적이지 않은 글이면, 몰입하게 만드는 글이 논리적인 글이라는 뜻이다. 읽는 사람에게 불필요한 의문을 주지 않고 몰입하게 만든다. 그리고 나아가 글이 하고자 하는 말을 생각한다.

글을 쓸 때, 생각하면서 써보자. 내가 하고 있는 말이 이해되는지. 다시 읽어보는 것도 좋은 방법이다. 스스로 이해가 되어야 한다. 그것조차 안 되면 논리하고는 작별이다.

문장과 문장은 이어져야 한다

한옥이 아름다운 이유

한옥의 아름다움을 찬양하는 사람이 많다. 사실 아파트만 보다가 자연과 조화를 이루고 있는 한옥을 보면 산뜻한 느낌이다. 하지만 딱히 뭐가 아름다운지는 모르겠다. 왠지 좀 추워 보이고 불편해 보인다. 사막처럼 오아시스라도 갖고 있으면 다르겠지만…….

'오아시스'를 가진 사막은 아름답다. 겉은 죽어 있는 땅이지만 그 땅 어딘가에 생명의 원천인 물이 존재하고 있다. 이런 반전 매력이 사막을 아름답게 한다. 그럼 한옥도 그럴까?

몰랐던 사실이 하나 있었다. 당연히 나무로 집을 지을 때에는 못이 필요하다고 생각했다. 그런데 한옥에는 못을 사용하지 않는다고 한다. 못을 사용하면 그건 한옥이 아니라고도 한다. '뭐지? 어떻게 집을 짓는데 못 없이 짓는단 말인가?' 한옥이 추구하는 것은 자연과의 조화이다. 나무도 그렇고 황토도 그렇다. 하지만 못은 아니다. 못은 철로 만들어지기 때문에 자연에서 구할 수 없다. 못의 사용은 자연과의 조화를 이루지 못한다.

한옥을 짓는 사람을 무엇이라 부르는지 아는가. 바로 목수이다. '어라! 목수는 나무를 깎는 사람이지 집을 짓는 사람이 아니지 않은가.' 아니다. 목수는 나무만 깎는 사람이 아니다. 그럼 왜 목수가 한옥을 짓는가? 그것은 한옥의 건축방법과 관련이 있다.

한옥은 못을 사용하지 않기 때문에 나무와 나무를 깎고 연결해서 짓는다. 얼마나 나무를 잘 깎는가가 한옥의 아름다움을 결정한다. 그렇다면, 나무를 깎는 사람은 누구인가? 맞다. 바로 목수이다. 그래서 한옥을 목수가 짓는다고 한다. 이런 건축 방법 때문에, 목수가 나무를 조금만 잘못 깎아서 이으면 집 전체가 흔들린다. 조화가 깨지고 불안해진다.

한옥에서 나무와 나무를 연결하는 것이 글에서는 논리가 문장과 문장을 연결하는 것과 같다. 그럼 논리가 맞지 않는 글은 어떤가. 불안하다. 글에서 논리가 맞지 않는 것은 목수가 한옥을 지을 때 나무와 나무를 잘못 연결한 것이다. 글에서 나무는 무엇인가. 바로 문장이다. 문장과 문장이 논리적으로 연결되어야 좋은 글이 된다. 마치 한옥이 아름다운 것처럼.

그럼 문장과 문장은 어떻게 연결하는가?

문장과 문장 연결하기

우리는 접속사에 대하여 배웠다. '그리고, 그러나, 그러므로' 등등. 사실 접속사는 글에서 일종의 '못'이다. 한옥과는 어울리지 않는다. 하지만 한옥에서도 못을 사용할 때가 있다. 바로 벽에 사진이나 그림을 걸 때이다.

사진이나 그림을 집에 걸어놓으면 어떤가. 단조롭던 벽이 그림 한 장으로 달라진다. 이제 더는 벽은 없고 그림만 있게 된다. 접속사도 비슷하다. 글에서 무언가를 강조하고 싶을 때 사용한다. 자신이 하고 싶은 말을 '그러나' 뒤에 놓는 것처럼.

원칙을 기억하자. 원칙은 '못'을 사용하지 않는 것이다. 나무끼리만 깎아서 연결해야 한다. 접속사를 사용하여 글을 쓰면 물론 쉽다. 하지만 글이 매끄럽지 않다. 딱딱해진다. 문장과 문장의 연결이 글의 논리성을 좌우한다.

다음의 예문을 보자.

예 ①유치원으로 봉사활동을 가서 그곳 어린이들과 함께 놀거나 청소를 하였다. ②처음에는 아이들과 어울리는 데 어려움을 느꼈다. ③얼마의 시간이 지나자 아이들이 무엇을 좋아하는지 알고 함께 어울리면서 놀아 주었다. ④이 과정에서 그것은 세대 간의 눈높이를 어떻게 가져야 하는지를 알게 해주었다.

자기소개서에 있는 문장이다. 봉사활동의 내용과 느낀 점을 적고 있다. 이 글을 읽고 무슨 생각이 드는가? 혹시 글의 내용이 당신을 사색에 잠기게 하는가?

글을 한 번 분석해보자. 우선 ①번 문장은 봉사활동의 내용을 이야기한다. ②번 문장은 봉사활동에서 겪은 어려움을 말한다. 여기까지는 무난하다. 문제는 다음이다.

③번 문장에서 아이들이 무엇을 좋아하는지 알고 놀아주었다고 한다. 그리고 ④번 문장에서는 세대 간의 눈높이의 중요성을 알았다고 한다.

우선 ②번 문장부터 보자. 봉사활동을 간 학생의 어려움을 이야기한다. 보통 읽는 사람은 어려움이 나타나면 그것을 어떻게 해결하는지 궁금해진다. '어려움은 어려움이다'라고 말하는 것은 소용없다. 당연히 어떻게 해결을 하는지가 포인트이다.

글 쓴 학생은 ③번 문장을 해결책으로 사용했다. 그런데 ③번 문장이 설득력 있는 해결책이 되었는가? 단지 시간이 지난 것이 혹은 아이들이 좋아하는 걸 알게 되니 해결된 것인가?

너무 부족하다. 읽는 사람은 아무것도 해결되지 않았다. 차라리 아이들과 먹을거리를 나눠 먹은 뒤 해결되었다고 하거나 축구를 같이 해서 친해졌다고 해야 이해되지 않을까. 글쓴이는 막연히 설명한다. 좋아하는 걸 같이 한 것도 아니고 좋아하는 걸 알게 되니 해결되었다고만 한다. 이는 '까마귀 날자 배 떨어진다.'는 속담을 '배를 떨어지게 하려면 까마귀를 날리면 된다.'라고 말하는 것과 같다.

마지막으로 ④번 문장은 뜬금없다. 아이들과 친해졌다고 세대 간의 눈높이의 중요성을 안다는 것이 이해가 가는가? 너무 확대하여 해석하였다. 중간 과정의 설명이 생략된 느낌이다. 마치 우리 집 앞 개울가에 오줌을 싸서 동해가 얼마나 오염되었는지 아는 것과 같다. 너무 교훈을 얻으려고 하지 말자.

다음으로 미확인 단어가 있다. 마치 UFO 같은 단어. 바로 ④번 문장에 있는 '그것은'이다. 이는 지시대명사로 앞에서 언급한 무언가를 말하는 것이어야 한다. 그런데 무엇을 말하는지 알겠는가?

추측해보자면 아이들과 친해지는 과정을 말하는 듯하다. 하지만 친해지는 과정도 분명치 않은데 그것을 통하여 교훈을 얻었다고 하니, 논리하고는 완전히 결별하게 된다. 다음의 교정을 보자. 예시일 뿐이다. 정답은 없다. 다만 조금 더 논리적인 글이라 생각하면 된다.

 유치원으로 간 봉사활동. 난 그곳 어린이들과 함께 놀거나 청소를 하였다. 처음에 아이들과 어울리는 데 어려움을 느꼈다. 축구는 사람들을 친하게 한다. 아이들과 축구시합을 같이 하고 땀을 흘리니 서먹함이 없어졌다. 할아버지와 바둑을 두면 친해지듯 아이들과는 그들의 놀이를 같이 하는 게 중요하였다.

어려움을 해결하기 위해 '축구는 사람들을 친하게 한다.'라는 문장을 넣었다. 구체적으로 설명하면 읽는 사람은 더 쉽게 이해한다. 그리고 '세대 간 눈높이를 가져야 한다.' 같은 이야기는 직접적으로 하지 말자. 아이들과 친해진 이야기를 하였으니 할아버지들과의 이야기를 쓰면 세대 간 눈높이를 말하게 된다. 이것이 자연스럽다.

문장 연결의 유형

논리적인 글쓰기를 위해서는 문장과 문장이 연결되어야 한다. 그것도 그냥 연결이 아닌 자연스러운 연결이 필요하다. 막상 '연결'이라는 단어만 들었을 때는 막연하다. 하지만 어렵지 않다. 이미 우리 모두 하고 있는 일이다.

친구와 수다를 떨 때를 생각해보자. 게임, 연예인, 드라마 등등을 이야기한다. 즉, 하나의 주제로 이야기를 시작한다. 하지만 방식은 조금씩 다르다. 만약 드라마에 나온 멋진 연예인 이야기를 하면 외모를 묘사한다. 머리부터 발끝까지. 그러다가 드라마 이야기로 넘어가서 주인공이 당한 배신을 이야기할 때는 비판하게 된다. 누군가를 비판할 때는 어떤가? 논리적으로 그 사람의 잘못된 점을 이야기하지 않는가.

친구와 수다를 떠는 것과 글을 쓰는 것은 비슷하다. 무엇을 묘사해서 이해시키기도 하고 어려운 용어를 설명하기도 한다. 글도 마찬가지다. 글을 쓰는 방법이 정해진 것으로 생각하는 경우가 있는데, 그렇지 않다. 논술이나 자기소개서에도 모든 방법이 동원될 수 있다.

크게 보면 글을 쓸 때 사용하는 방법은 세 가지다. 첫째가 묘사이고 둘째가 설명이고 셋째가 논증이다.

묘사는 말로 그림을 그리는 것이다. 읽는 사람에게 어떤 상황을 직접 보고 있는 느낌을 준다. 이는 글의 도입 부분이나 쉬어가는 오아시스를 만들 때 유용하다. 설명은 어떤 사실이나 어려운 용어를 이해시키기 위함이다. 묘사와 비슷하지만 오감이 아닌 글로 이해시키려는 목적이다. 마지막으로 논증은 자신의 주장을 근거를 대면서 설득하는 과정이다.

각각의 유형에 따라 문장을 연결하는 방법이 다르다. 묘사는 자신이 보는 것을 나열하면 된다. 읽는 사람이 자신의 시선으로 사물을 보고 있는 느낌을 주는 것이 목적이다. 문장도 관찰대상을 하나씩 나열하면 된다.

설명은 정보를 제공해야 한다. 그러다 보니 순서가 중요하다. 보통은 큰 것부터 시작하여 작은 것으로 간다. 축구라는 스포츠에 대해서 설명할 때 11명이 하는 것을 먼저 설명해야 한다. 그리고 규칙을 설명하고 그 뒤에 포지션을 설명하고 나아가 전술을 설명해야 한다. 문장도 이런 순서로 연결해야 한다.

논증은 근거가 필수이다. 문장을 연결할 때도 주장을 했으면 근거를 제시해야 한다. 주장은 자신의 생각이니 자신이 그렇게 생각하게 된 이유를 설명하는 것이 중요하다.

물론 이 설명을 이해한다고 해도 글을 그렇게 쓰기는 힘들다. 글쓰기는 연습이 중요하다. 운동과 똑같다. 투수의 변화구를 던지는 법을 알아도 던질 수 있는 것과는 다른 문제이지 않는가.

다음의 예문을 보자.

예 파란 하늘. 터질 듯한 굉음. 날렵한 몸을 가진 F—15 전투기다. 이 전투기를 처음 본 순간 반했다. 20미터나 되는 길이 그리고 최대 속도는 마하

2.3. 어떤 것도 상상할 수 없었다. 단순히 이 덩치를 조종하고 싶었다. 평소에 국가에 도움을 주는 직업을 갖고 싶었다. 내가 받은 혜택을 돌려주면 다시 그것이 다른 이에게 혜택으로 돌아가리라 생각했다. 전투기 조종사는 내게 그런 직업이었다. 아무나 할 수 없는 일이고 누군가는 해야 하는 일. 그래서 도전해보고 싶었고 꿈이 되었다.

위 예의 첫 번째 문단에서는 묘사와 설명으로 구성되어 있다. 처음에는 묘사를 하고 그 뒤에는 설명을 한다. 두 번째 문단에서는 자신의 꿈인 전투기 조종사가 되고 싶은 이유를 논증한다.

자신의 꿈도 개인적인 생각이다. 그것을 다른 사람에게 이해받기 위해서는 논리가 필요하다. 막연히 '난 대통령이 되고 싶어. 이유는 없어'라고 말하는 것은 설득력이 없다.

논리적인 글쓰기의 기본은 문장과 문장을 연결하는 것이다. 그 연결의 핵심은 하나의 이야기를 하는 것이다. 성적이 오른 이야기와 컴퓨터 게임이 재미있다는 이야기를 동시에 하지 말자. 성적이 오른 이야기를 시작했으면 그것에만 집중하자.

근거가 논리를 만든다

의심은 세상을 변화시켰다

태양은 동쪽에서 떠서 서쪽으로 진다. 이는 부정할 수 없다. 오죽하면 '해가 서쪽에서 뜨겠다.'라는 속담이 있지 않은가. 하지만 옛날 사람들은 태양이 지구를 돌고 있다고 생각했다. 눈에 보이는 사실을 믿지 않을 수 없었다. 물론 우리는 지금 모두 안다. 태양이 지구를 돌고 있지 않고 지구가 태양을 돌고 있다는 사실을.

'코페르니쿠스', 1473년에 태어난 사람이다. 이 사람이 어떤 사람이냐면 '태양이 지구를 돌고 있다'라는 사실을 의심한 사람이다. 지금은 당연한 사실을 발견한 위대한 사람이지만 당시는 달랐다. 종교재판이 유행이었고 함부로 하느님의 영역을 침범하는 행위는 용납되지 않았다. 사람들은 그를 거짓말쟁이라고 생각했다. 그러나 무엇이 진실이겠는가? 코페르니쿠스는 거짓말을 하지 않았다.

그의 의심은 보통의 의심과 달랐다. 근거가 있었다. 이를 합리적 의심이라고 한다. 우리는 어떤가? 분명 세상을 살면서 많은 의심을 한다. 이곳저곳에서 들려오는 소문이 항상 우리의 곁에 있다.

그것 아는가? 소문을 접하는 모습으로 그 사람의 논리성을 판단할 수 있다는 사실을. 무조건 믿는 사람부터 그 소문이 진실인지 의심하는 사람까지 천차만별이다. 무조건 믿는 사람의 가장 강력한 증거는 '아니 땐 굴뚝에 연기 나랴?'이다. 하지만 이는 논리하고는 거리가 멀다. 논리는 직접적인 증거를 갖고 말해야 한다. 어떤 사실을 증명하기 위해 속담을 증거로 대는 것은 '당신이 30년 전에 한 거짓말 때문에 지금도 믿을 수 없다'라고 하는 말과 같다.

반드시 이유를 대야 한다

지금은 작가이지만 전 정치인이었고 보건복지부 장관이었던 남자가 있었다. 그의 이름은 유시민이다. 토론 실력과 글은 그를 세상에 내놓았다. 스스로도 말한다. 자신은 글쓰기를 좋아한다고. 사람들이 이제 왜 정치를 안 하느냐고 했을 때 말했다.

"글 쓰고 책 읽고……. 그렇게 살고 싶다고."

사람들이 보기에 그는 글을 잘 쓰는 사람이다. 질문은 이어진다. "어떻게 글을 잘 쓸 수 있느냐?"고. 그는 이 질문에 대해 답한다. 좋은 책을 읽고, 많이 써 보라고. 그리고 또 하나 추가한다. '자신이 하는 주장에 꼭 근거를 만드는 습관을 가지라고'

논리가 무엇이라고 한지 기억하는가? 생각의 연결고리다. 이것을 잘 연결할 때 논리적인 글이 된다. 유시민이 말한 좋은 글을 쓰는 방법의 세 번째 조언이 논리적인 글쓰기와 관련된다.

논리의 특성을 이해해야 한다. 묘사나 설명은 그림 그리기와 비슷해서 흐름이 잘 끊어지지 않는다. 하늘을 보면 구름도 보이고 태양도 보이고 새들도 보인다. 보이는 것만 설명해도 자연스럽다.

그러나 자신의 주장을 말할 때, 글은 순간 단절된다. 이는 어쩔 수 없다. 주장이 개인의 의견이다 보니 생각이 들어간다. 남들과 똑같은 생각을 하고 사는 사람은 없지 않는가. 읽는 사람은 자연히 단절을 느낀다.

논리적인 글은 그 단절을 이어주어야 한다. 무엇으로? 근거와 이유로 이어야 한다. 그래야지 자연스러운 글이 된다.

다음의 예문을 보자. 이 글은 어떤가? 판단해보자.

> **예** ①독서가 개개인의 지식을 넓히고 성장시키기 때문에 국력을 성장시키고, 다른 나라와의 국력의 차이를 만든다.
>
> ②이러한 차이는 국가 간의 외교에서 큰 역할을 하게 되기 때문에, 독서의 중요성을 알 수 있었다.

중학생이 쓴 자기소개서에 있는 문장이다.

글쓴이의 꿈은 외교관이다. 글은 도서관에서 봉사활동을 한 경험을 바탕으로 독서의 중요성 나아가 그것이 국가 외교와 관련하여 중요하다고 말한다. 그런데 어떤가? 이해되는가?

윗글에서 주장은 어디에 있는가? 마지막에 있다. '독서의 중요성'이다. 그런데 또 하나의 주장이 있다. ①번 문장에 나온 독서가 '국력을 성장시키고 다른 나라와의 국력의 차이를 만든다.'라는 부분이다. 이는 '전제'에 해당하는 부분으로 ②번 주장을 말할 수 있는 근거가 된다.

우선 글의 구성이 아쉽다. 주장은 먼저 해야 한다. 그래야지 그 주장에 대해서 읽는 사람이 생각할 시간을 가진다. 이미 말한 적이 있다.

이유는 어떤가? 독서를 많이 하면 국력의 차이를 만들 수 있을까? 언뜻 타당해 보인다. 하지만 연결고리가 충분치 않다. 글 쓴 학생은 중간 연결고리로 개개인의 지식을 넓힌다고 하였다.

분명 독서가 개개인의 지식을 넓히는 점은 맞다. 하지만 그것이 국력을 성장시키는가? 분명치 않다. 그리고 특히 '국력'이 무슨 뜻인가? 사전적 의미를 찾아보면 '국가가 어떤 정책이나 목표를 성취할 수 있는 힘'을 말한다. 국력과 독서 사이의 연결성을 찾기는 쉽지 않다. '독서의 결과'와 '국력의 성장'은 너무 막연하다. 어떤 범죄의 원인을 범죄자 어머니가 범죄자를 낳았기 때문이라고 판단하는 느낌이다. 그 어머니가 무슨 죄인가?

독서는 개인적 활동이다. 개인적 성취를 국가적 성취로 만들기는 쉽지 않다. 개인적 성취는 개인에서 마무리해야 좋다. 굳이 연결하자면 개인과 국가와의 관계를 넣어주자. 중간에 국력의 차이가 외교에서 큰 역할을 한다는 것은 이해할 수 있다. 하지만 그래서 독서가 중요하다고 하는 말은 논리적이라 할 수 없다.

교정　독서의 중요성을 알 수 있었다. 독서는 개인의 지식을 넓힌다. 국가의 구성원은 누구인가? 바로 국민이다. 국민의 실력이 성장하면 국가의 힘이 성장한다. 브라질에서 좋은 축구 선수가 나오듯이. 그리고 이러한 국력의 차이는 외교에서도 큰 역할을 한다. 외교는 국가와 국가 간 힘의 대결이기 때문이다.

'독서의 중요성'이라는 주장을 먼저 하였다. 그다음에 독서가 개인에게 미치는 영향을 설명하고 국가와 국민의 관계를 설명하였다. 그다음에 국민의 힘이 성장하면 국가의 힘도 성장한다고 하였다. 이해를 돕기 위해 비유도 넣었다. '국력의 차이가 외교에서도 큰 역할을 한다.' 이 부분도 주장이다. 근거가 필요하다. 사실과 주장을 구별하자. 사실은 근거가 필요 없지만 주장은 필요하다. 그래서 '외교는 국가와 국가 간 힘의 대결이기 때문이다.'라고 덧붙였다.

공감할 수 있는 이유를 찾자

얼마 전에 초등학교 3학년 학생이 엄마의 생일을 축하하기 위해 쓴 편지를 보았다. 그 편지에 인상 깊었던 문구는 이거다.

"엄마 고맙습니다. 저를 낳아주셔서 고맙습니다."

귀여웠다. 그런데 문득 정말 고마운지 궁금해졌다.

엄마가 나를 낳아주셔서 고마움을 느낀 적이 있던가. 잘 모르겠다. '초등학생 편지에 너무 정색하고 달려드는 거 아닌가.'라고 할 수 있겠지만 이런 논리 흐름은 중고생 나아가 대학생과 직장인들 사이에서도 많이 보인다.

자신의 주장이나 느낌의 근거는 사람들이 공감할 수 있어야 한다. 바로 이 지점이 어렵다. 특히 느낌을 주장하고 이유를 말해야 하는 부분이 더 어렵다. 각자 사는 인생이 다르지 않은가. 만약 사람들이 자신의 감정에 공감하지 못한다면, 어떻게 해야 할까? 정답은 하나다. 최대한 진실을 말해보자. 그것밖에 없다.

인생은 비슷하다. 평생 기쁜 일만 겪고 사는 사람도 없고 슬픈 일만 겪고 사는 사람도 없다. 자신의 감정을 주의 깊게 살펴보자. 타인과 슬프거나 기쁜 일은 비슷하다.

다음의 글을 보자.

예 | 단순히 강변에서 쓰레기를 청소하는 행위로서가 아니라 이 봉사활동은 나에게 여러 가지 의미로 다가왔다. 예로부터 강은 문명의 근원지였다. 세계 4대 문명도 모두 티그리스 강, 황하 강, 나일 강, 인더스 강 등 강은 인간에게 없어서는 안 될 소중한 장소로 자리매김 되어 왔다. 이러한 문명 근원지의 강처럼 한국에는 한강이 있다. 삼국시대 때 전성기를 누린 나라들은 모두 한강을 차지하고 있었고, 이를 쟁취하기 위한 싸움은 계속해서 일어났다. 지금도 강은 우리에게 공업용수, 식수, 농업용수 등을 제공하는 귀중한 존재다. 강의 소중함과 위대함을 배울 수 있는 봉사활동이었다.

처음 다가온 느낌은 장황함이다. 가끔 글을 읽다 보면 이 사람이 하고자 했던 말이 사라진다. '갑자기 이 얘기를 여기서 왜 하지?'라는 의문이 든다. 그래도 포기하지 말고 무엇을 말하고자 했는지 찾아보자.

주제는 단순하다. 글을 쓴 학생은 강에서 쓰레기를 청소하는 봉사활동을 하였다. 그리고 느꼈다. 강의 소중함과 위대함을. 이 말을 하기 위해 글을 쓴 듯하다.

글쓴이는 우선 한강을 설명하기 위해 문명의 발생지 4대 강부터 시작했다. 꼭 그래야만 했을까. 너무 과거부터 이야기하면 연결고리가 느슨해진다. 그냥 삼국시대 이야기만 했어도 충분해 보인다.

강의 소중함과 위대함을 배울 수 있는 것이 봉사활동을 통해서인가, 아니면 강이 우리에게 공업용수, 식수, 농업용수 등을 제공하기 때문인가. 이것이 불분명하다. 글 전체를 보면 봉사활동을 통하여 강의 소중함과 위대함을 배우고 싶었던 것 같다. 그런데 오히려 강의 유용성 때문에 소중함과 위대함을 배운 듯하다.

한 번 생각해보자. 이것이 논리적으로 맞는지. 잘 모르겠으면 반대로 생각해보자.

 단순히 강변에서 쓰레기를 청소하는 행위로서가 아니라 이 봉사활동은 나에게 여러 가지 의미로 다가왔다. 한강은 우리에게 소중한 강이다. 삼국시대 때 전성기를 누린 나라들은 모두 한강을 차지하고 있었고 이를 쟁

취하기 위한 싸움은 계속해서 일어났을 정도다. 지금은 많이 깨끗해졌지만 아직 부족했다. 여전히 식수나 농업용수로 사용함에도 소중함을 모르는 듯했다. 누군가는 해야 할 일이 한강을 관리하는 일이다. 세상에 그런 일이 한두 가지이겠는가.

아무도 신경 안 쓰지만 사람들에게 필요한 일, 드러나지 않지만 꼭 필요한 일은 세상에 많다. 한강을 청소하는 일처럼. 음지의 소중함을 알았다고나 할까. 한강은 말없이 빛나고 있었다.

글이 많이 변했다. 자연스럽게 문장을 연결해서 쓰려고 했다. 나의 한계인가. 강의 소중함과 위대함을 한강 청소에서 배우기는 불가능해 보이기도 하다. 차라리 내가 지금 하고 있는 일에서 의미를 찾자. 그래서 '한강 청소'라는 사람들이 관심 갖지 않는 일에서 의미를 찾으려고 했다. 나아가 한강을 통해서 소중한 물건을 함부로 다루는 습관을 반성할 수도 있을 듯하다. 무엇을 발견하던 그건 개인의 자유다. 하지만 논리만은 유지하자.

세상의 아버지들이 하는 실수가 있다. 아들에게 교훈을 직접 주려고 한다. '성실함을 배워라, 끈기 있게 살자' 등을 가르치고 싶어 한다. 하지만 이런 말은 잔소리다. 교훈이 아니다. 아버지의 말씀이 교훈이 아닌 잔소리가 되는 이유는 무엇일까? 그건 아버지들이 교훈을 직접 말해서이다. 제발 아버지들이여, 교훈을 직접 말하지 말자. 감성이나 교훈은 스스로 느껴야 한다. 글을 쓰는 사람도 우리의 아버지가 되면 안 된다. 읽는 사람을 가르치지 말고 도와주자.

세상의 모든 것을 의심하라

아인슈타인보다 위대한 사람

'천재' 하면 떠오르는 사람은? 아마도 상대성이론을 만든 유대인계 물리학자 아인슈타인이다. 아인슈타인이 '상대성 이론'을 발표했을 때 물리학의 황제는 사과가 떨어지는 것을 보고 '만유인력의 법칙'을 만든 뉴턴이었다. 뉴턴은 절대왕권을 유지했지만 아인슈타인에게는 힘 한 번 써보지 못하고 황제 자리를 빼앗겼다.

당연히 아인슈타인의 명성은 상상을 초월하게 되었다. 천재를 넘어선 천재. 그것은 아인슈타인에게 붙은 별명이었다. 그런데 그런 아인슈타인의 명성을 넘어선 사람이 있다.

영국 BBC 방송국에서 "1천 년 동안 가장 위대한 사상가는 누구인가?"라는 질문으로 설문조사를 하였다. 아인슈타인이 1등을 하였을까? 아니다, 이 조사에서 아인슈타인은 2등을 하였다. 물론 1등과의 차이가 박빙도 아니었다. 표 차이도 많이 났다. 누가 1등을 했을 것 같은가?

《자본론》이라는 책이 있다. 우리가 사는 자본주의 사회를 과학적 방법으로 분석한 책이다. 한국에서는 금서(禁書)라는 이유로 일반인이 볼 수 없었던 시절도 있지만 유럽과 미국에서는 성경에 비교되는 책이다. 바로 이 책을 쓴 사람이 아인슈타인을 넘어선 사람이다.

그의 이름은 '카를 마르크스'이다. 자본주의를 분석해 낸 경제학자이면서 철학자, 역사학자, 사회학자다. 그의 저서 《자본론》은 약 170년 전에 쓰였다. 그러나 그의 이론은 여전히 유효하다. 어떻게 그럴 수 있을까? 그건 그의 철저한 논리성에 기인한다. 논리로 현재를 분석했더니 미래가 예측된 것이다. 이것이 논리의 힘이다.

그렇다면 그는 어떻게 그런 논리적인 글을 쓸 수 있었을까?

"세상의 모든 것을 의심하라!"
―마르크스

마르크스는 자신의 딸과 서로 '좋아하는 것'에 대답하는 놀이를 즐겼다. 행복에 대한 생각, 시인, 꽃, 요리 등등. 그중 눈에 띄는 것이 두 개 있는데, 하나는 '가장 혐오하는 악덕'이고 다른 하나는 '좋아하는 좌우명'이다.

그가 '가장 혐오하는 악덕'은 '경솔히 믿는 것'이다. 그리고 '좋아하는 좌우명'은 '세상의 모든 것을 의심하라'이다. 그는 왜 무언가를 경솔히 믿는 것을 싫어했을까? 또 왜 자신의 좌우명을 '세상의 모든 것을 의심하라'라고 했을까? 이는 논리와 관련되어 있다.

의심의 반대는 믿음이다. 우리는 믿음을 좋은 것이라 생각하고 의심을 그 반대라고 생각한다. 그 생각이 옳은 순간은 죄 없는 사람을 의심할 때뿐이다. 다른 모든 경우에는 무조건적인 믿음이 훨씬 나쁘다. 주위를 보자. 누가 믿으라고 강요하는가. 사이비 종교의 교주는 믿음을 강요한다. 우리나라 과거 독재자들 역시 믿음을 강요했다. 그들이 두려워 한 것은 딱 한 가지다. 의심하는 것. 그럼 그들은 왜 두려워했을까?

의심하면 이유를 찾으려고 한다. 무엇이 옳고 무엇이 그른지 판단하게 된다. 자신이 다른 사람을 수단으로 이용하여 이익을 챙기는데 옳고 그름은 이미 정해지지 않았겠는가. 당연히 두려웠다. 그래서 무조건 믿으라고 한 것이다.

마르크스는 논리적으로 생각하기를 좋아했다. 정확히는 세상의 모든 것을 의심해보고 싶어 했다. 그런 사고과정에서 자본론이라는 최고의 논리적인 책이 나왔다. 결국 논리적 사고를 한다면 논리적인 글을 쓸 수 있다는 간단한 이론이 성립한다.

"그럼 논리적 사고는 어떻게 하는가?"

논리적인 생각을 하는 방법

논리적인 글은 논리적인 사고를 기본으로 한다. 당연하지 않겠는가. 그렇다면 결국 논리적인 사고만 가능하면 논리적인 글을 쓸 수 있다. 이에 대해, 마르크스는 논리적인 사고의 방법을 알려주었다. 그건 바로 '의심하기'이다.

독서의 방법으로 가장 추천받는 책 읽기 중 하나가 '비판적인 책 읽기'이다. '이건 뭐지?'라고 할 수 있지만 많은 사람이 해보려고 노력한다.

혹시 '비판'이라는 낱말이 부정적으로 들리는가? 그럴 수 있다. 하지만 사전을 보면 '비판'이라는 낱말에는 '옳고 그름을 가려 평가하고 판정함'이라는 뜻이 있다. 그런데 아무 이유 없이 옳고 그름을 판단할 수 있는가? 그렇게 하기는 쉽지 않다.

일반적으로 범죄자는 어떻게 재판을 받게 되는가?

판사는 아무 이유 없이 재판을 하지 않는다. 누군가 저 사람이 잘못이 있는지 없는지 물어봐야 한다. 그 누군가가 보통은 검사가 된다. 즉, 검사가 저 사람이 범죄를 저질렀다고 의심하는 것이 첫 번째다. 그리고 나서 판사가 그 사람의 죄가 있는지 없는지를 판단한다.

비판적 책 읽기도 똑같다. 옳고 그름을 판단하면서 읽는 것이 비판적 책 읽기라면 누군가는 그것을 판단해 달라고 말해야 한다. 그때 바로 필요한 것이 '의심하기'이다. 그래서 마르크스는 모든 것을 의심하라고 말했다.

의심하자. 그래야 옳고 그름을 판단할 수 있다. 옳고 그름을 판단하려면 근거가 있어야 한다. 재판에서 가장 필요한 것이 증거다. 그 증거를 잘 찾느냐 못 찾느냐에 따라 승패가 갈린다.

글에서도 똑같다. 자신이 한 주장의 증거를 찾는 과정이 필요하다. 이 과정에서 당신의 논리가 발전한다.

글을 논리적으로 쓰고 싶어 하는 사람이 하는 작업이 있다. '의심하기'이다. 문장을 잘 다듬는 것은 논리가 성립된 뒤의 일이다. 문장력이 좋아서 아무리 표현을 잘 해도 논리가 없다면 논리적인 글쓰기가 아니다.

'다문 다독 다상량(多聞 多讀 多想量)'이라는 말이 있다. 이는 중국 송나라 정치가 겸 문인인 구양수가 한 말이다. '많이 듣고 많이 읽고 많이 생각해라'라는 뜻이다. 글을 잘 쓰는 방법으로 유명한 말이고 많은 글쓰기 책에서 이 말을 인용한다.

우리가 좀 전에 보았던 세상을 의심해보아야 한다는 말은 구양수가 한 말 중 '다상량'을 하는 방법 중 하나이다. 그냥 '생각해라'라는 말은 아무것도 가르쳐 주지 않는다. 책을 읽는다고 생각해보게 되는가? 누군가의 말을 듣는다고 생각해보게 되는가? 옳고 그름을 따져봐야 생각하게 된다. 그리고 그것을 하기 위한 첫 번째 과정이 '의심하기'이다.

마르크스는 《자본론》 말고도 논리적으로 글 쓰는 방법을 알려주었다.

어른들의 어리석음을 말하다

왜 나는 못난 글을 쓸 수밖에 없나?

초등학교 시절, 원고지는 보기만 해도 짜증이 났다. "원고지 5매 정도로 쓰라."
라는 선생님의 말씀에 내 가슴은 자유를 갈망했다. 날고 싶은데 그물에 걸려 날
지 못하는 한 마리 새처럼.

그런 답답함이 어김없이 찾아오는 데는 이유가 있었다. 맞춤법과 띄어쓰기를 잘
하지 못했다. 그런데 선생님은 원고지를 걷어 가시고 나서는 맞춤법과 띄어쓰기
만 교정해 주셨다. 당연히 나의 머릿속에는 맞춤법과 띄어쓰기가 글짓기의 전부
라고 생각했다.

원고지가 내 가슴을 답답하게 만든 두 번째 이유는 쓸 말이 없어서다. 말 그대로 '글짓기' 아닌가. 글을 지어내야 하니 가끔은 거짓말도 쓰고 영혼도 없이 쓰기도 했다. 나에게 소설가는 대단한 거짓말쟁이로 보였다.

어른이 되어서 중고생의 글을 본다. 아이들의 글에는 공통점이 있다. 논술학원에 다니든 안 다니든 무슨 말인지 모르겠다는 것이다. 누구 하나 자신의 생각을 정확히 표현하지 못한다.

생각하기에, 모두들 자신의 속마음을 쓰진 않는 듯하다. 대충 영혼 없이 숙제를 한 느낌이다. 진실한 마음으로 글을 쓰지 않으니 하고 싶은 말이 무엇인지는 당연히 알 수 없다. 쓰는 사람도 모르는 자신의 생각을 읽는 사람이 어찌 알겠는가. 물론 지금의 나는 올챙이가 아니다. 개구리가 되었다. 당연히 올챙이 적 생각을 하지는 못한다. 그래서 이렇게 중고생의 글들을 평가하고 있다.

하지만 내 어린 시절 역시 똑같았다. 내가 지금의 아이들이 글을 쓰지 못한다고 닦달하는 것은 누워서 침 뱉기다. 나도 그랬고 지금의 아이들도 그랬고 앞으로의 아이들도 그럴 것이다. 우리는 모두 글을 '쓰지' 않고 '지었다.'

어린 시절의 기억은 오래간다. 한 번 잘못 박힌 생각은 쉽게 변하지 않는다. 그러다가 생각이 변하는 계기가 생겼다. 내 생각을 변화시킨 분은 어느 시골 초등학교의 선생님이었다.

시골 초등학교의 글쓰기 선생님

여기 한 초등학교에서 글쓰기 수업이 시작된다. 칠판에는 '글짓기'가 아닌 '글쓰기'라고 적혀 있다. 선생님은 아이들에게 글을 쓰기 전에 당부할 것이 있다고 한다. 그 당부의 말은 이랬다.

첫째,
자신이 평소에 하던 말 그대로 써도 괜찮아요.
더러 서투른 말이 나와도 상관없어요.

둘째
착한 어린이가 된 것처럼 쓰지 마세요.
칭찬을 받기 위해서 잘 보이기 위해서 꾸미지 마세요.

셋째,
슬프고 괴로운 일 부끄러운 일도 괜찮아요.
얼마든지 좋은 글이 될 수 있어요.

넷째,
잘 쓴 글이라고 해도 그것을 흉내 내지 마세요.

다만 그 글의 정직함만 배우세요.

만들어내는 '글짓기'는 하지 마세요. 있는 그대로 '글쓰기'를 하세요.

이런 선생님의 당부 때문이었을까? 아이들의 글은 살아 있었다. 거짓도 없었고 꾸밈도 없었다. 글로 착한 어린이가 되려고 하지도 않았고 칭찬을 받으려고 하지도 않았다. 그냥 보이는 대로 느끼는 대로 썼다.

　우리는 촌에서 마로 사노?

　도시에 가서 살지.

　라디오에서 노래하는 것 들으면 참 슬프다.

　그런 사람들은 도시에 가서 돈도 많이 벌 게다.

　우리는 이런 데 마로 사노?

　—〈촌〉

안동에 있는 초등학교 2학년이 쓴 글이다. 사투리가 글에도 그대로 보인다. 이 글을 보는데 아이들이 원래 글을 못 쓰는 것이 아니라는 생각이 들었다. 모두 어른들이 아이들에게 잘못된 글쓰기를 가르쳤기 때문일지도 모른다.

부모가 자신이 생각하는 아이의 꿈을 위해 아이의 꿈을 강요하듯이 글쓰기도 마찬가지였다. 아이의 글은 어떠해야 한다는 어른의 생각으로 아이들의 글을 강요했다. 시골 선생님은 그 점을 알고 계셨다. 누구의 잘못인지.

진정한 스승의 가르침

시골 선생님의 이름은 '이오덕'이다. 아동문학가이고 평생을 아이들의 글쓰기 교육을 위해 게으름을 피우지 않으셨다.

고백하건대, 아이들이 받은 이오덕 선생님의 가르침은 오히려 어른인 나에게 더 크게 다가왔다. 나 역시 용기가 없었다. 글로 내 지식을 자랑하기 바빴고 무식을 숨기기 바빴다. 좋은 글의 진정함을 배우기보다는 기교를 배우려고 열심이었다. 이 모두 나쁜 글쓰기의 지름길이었다.

이오덕 선생님은 특히 청소년들의 글쓰기의 그릇된 점을 '개념적인 글'을 쓰는 것이라 한다. 개념적인 글은 직접적인 경험을 쓰는 것이 아니라 암기된 지식을 나열하는 글쓰기를 말한다. 자기가 보거나 들은 것이 아니라 암기된 지식을 글쓰기에 활용한다는 뜻이다.

그 이유로 선생님은 '어린이들이, 정직하고 솔직한 자기의 생각을 귀중하게 여기지 않는 데에 있다'라고 한다. 그리고 이런 태도를 갖게 된 데에는 어른들이 아이들의 생각을 나타낼 수 없도록 한 것을 이유로 꼽는다. 왜 아이들은 항상 세상의 밝은 면만 보아야 한단 말인가.

다른 이유로는 아이들에게 학교에서 암기된 지식만 가르치기 때문이라고 한다. 그래서 학년이 올라갈수록 자신의 생각을 나타내기보다는 누군가의 생각을 받아 적기 바쁘다고 한다. 우리의 주입식 교육은 지금도 변함없이 이어지고 있다. 선생님의 진단은 명확하고 정확하다. 아이들의 자기소개서나 논술시험지의 글이 모두 그렇다. 여전히 꾸미려고 하고 이해하지 못한 지식으로 설득하려고 한다. 모두 머리로만 글을 쓴다.

선생님은 이런 아이들의 잘못된 글쓰기 습관을 고치는 방법을 알려준다. 그 방법은 아이와 선생님이 인간적인 관계가 되어야 한다는 것이다. 그래야지 아이가 자신의 생각을 말해도 꾸지람을 듣지 않고 존중받을 수 있다고 생각하게 된다는 것이다.

이오덕 선생님은 자신이 아이들 글쓰기 교육에 매달린 이유를 한 문장으로 말한다.

"글을 쓰게 하는 것보다 더 좋은 교육이 있는지를 나는 모릅니다."

좋은 글을
쓰기 위하여

유명한 따라쟁이들
—베껴 쓰기(1)

연습벌레 코비 브라이언트

미국 프로 농구팀 중에 LA 레이커스(LA Lakers)가 있다. 그 팀의 에이스는 코비 브라이언트. 네 번의 우승을 했다. 그는 연습벌레로 유명하다. 매일 다섯 시 반이 되면 육상 트랙에 나와서 조깅으로 연습을 시작한다. 그 육상 트랙에서 그를 맞아주는 사람은 청소부 빌. 코비 브라이언트의 유일한 연습 파트너이다.

한 번 황제는 영원한 황제였다. 무수히 많은 사람들이 황제자리에 오르고 싶었지만, 농구의 황제는 여전히 바뀌지 않았다. 바로 마이클 조던. 그는 오래 전에 은퇴했지만 사람들은 그의 플레이를 여전히 기억한다.

마이클 조던이 등장한 광고 중 어린아이들이 그의 플레이를 따라 하는 모습으로만 이루어진 게 있다. 슛을 하는 모습, 수비하는 모습, 결승골을 넣고 좋아하는 모습까지. 모두 마이클 조던을 흉내 낸 광고이다. 코비 브라이언트도 그 광고를 보았을까. 그는 마이클 조던의 플레이를 보고 수없이 반복했다고 한다. 똑같아지고 싶었다. 그리고 그를 넘어서고 싶었다. 사람들은 코비의 플레이를 보면서 마이클 조던을 떠올린다고 한다. 승리의 열망까지도 둘은 닮게 되었다.

시를 잘 쓰는 법

'연탄재 차지 마라'라는 시 구절로 유명한 시인이 있다. 바로 안도현 시인이다. 그는 자신의 책《가슴으로 쓰고 손끝으로 써라》에서 어떻게 하면 시를 잘 쓸 수 있는지를 설명한다.

가장 대표적인 방법은 이거다. 우선 좋아하는 시인을 선택한다. 그리고 그다음은 그냥 따라 써본다. 이게 전부다. 단순하다. 하지만 그 단순함 속에는 훨씬 깊은 맛이 있다.

시인은 백석이라는 시인을 사랑했다. 정확히는 짝사랑했다고 한다.

그 짝사랑으로 그는 행복했다. "그의 숨소리를 들었고, 옷깃을 만졌으며, 맹세했고 또 질투했다"고 안도현 시인은 고백한다. 그런 과정에서 그는 백석 시인의 제목을 따라 했고 그의 표현을 따라 했다. 백석이라는 시인을 사랑하면서 자신의 시도 그처럼 되었다.

'바둑의 신'이 된 남자

조훈현이라는 프로 바둑 기사가 있다. 한국에서 최연소 프로 바둑 기사가 되었고 몇 십 년간 한국 바둑은 그의 어깨를 빌려야 했다. 100년 만에 한 번 나올까 말까 한 천재 바둑 기사라고 언론은 불렀다.

그에게는 한 명의 제자가 있었다. 그 제자도 명석했는지 스승을 이기지는 못했지만 한국에서 두 번째로 최연소 바둑 기사가 되었다. 조훈현은 그 꼬마 제자를 키우고 싶었다. 욕심뿐이었을까? 그 꼬마 제자의 실력이 쉽게 늘지 않았다. 표정도 한결같았다. 왠지 힘없어 보이는 표정.

한 인터뷰에서 조훈현은 말했다. "그 녀석을 가르치는데 '바보'가 아닌지 의심했다."

꼬마 제자는 말이 없었다. 저녁을 먹고 나서 묵묵히 스승의 기보(棋譜, 바둑 둔 내용을 기록한 것)를 따라 두었다.

얼마나 시간이 지났을까. 스승과 제자는 다시 바둑판 앞에 앉았다. 관심이 쏠렸다. 스승과 제자의 대결. 최고의 스승 밑에서 최고의 제자가 나올까. 여전히 스승은 최고의 자리에 있었다. 누가 봐도 승부는 뻔했다.

그 아이의 표정은 묘했다. 어떻게 보면 힘없어 보이기도 하고 모든 것을 다 아는 얼굴이기도 했다. 그런데 이게 어찌된 일인가? 점점 아이의 얼굴이 돌부처처럼 보였다. 스승도 당황하고 구경하던 사람도 당황했다. 오직 승부의 한복판에 있는 아이만 평온했다.

사람들은 놀랐다. 그 위대한 스승의 처참한 패배를 그렇게 자주 보게 될 줄 상상하지 못했다. 게다가 어느새 한국 바둑은 그 꼬마 제자의 어깨를 의지해야 했다. 그 제자의 이름은 '이창호'이다. 30년 가까이 한국 바둑의 일인자. 중국, 일본 등 수많은 프로 바둑 기사들이 그의 바둑을 연구했고 덤볐지만 이길 수 없었다. 그는 바둑의 신이 되었다.

이창호뿐 아니라 모든 바둑 기사의 최고의 연습 방법은 기보 따라 두기다. 이창호가 조훈현의 기보를 따라 두었듯이 지금도 수많은 바둑 기사들이 이창호의 기보를 따라 둔다.

모방은 창조의 어머니
—베껴 쓰기(2)

잘하고 싶으면 따라 하자

앞의 이야기에는 공통점이 있다. 모두들 누군가를 따라 했다. 그 과정에서 실력이 향상되었다. "모방은 창조의 어머니"라고 했던가. 처음에는 '따라 한다고 잘할 수 있을까' 생각하지만 그 방법은 무엇을 잘하게 하는 최고의 방법 중 하나다.

생각해보자. 우리는 누군가에게 무엇을 배울 때 어떻게 하는가? 아이들은 한글을 배울 때 부모의 말을 따라 한다. 수학을 배울 때도 선생님의 풀이과정을 따라 한다. 모방하기는 배움의 기초이다.

글쓰기도 비슷하다. '필사(筆寫)'라는 말이 있다. 뜻을 해석하면 '베끼어 써 본다.'가 된다. 다른 사람의 글을 베끼는 이유는 무엇일까? 이유는 간단하다. 그 사람의 글 쓰는 방법을 온전히 자신의 것으로 만들고 싶기 때문이다. 글쓰기가 말로 설명한다고 잘할 수 있겠는가. 연습이 필요하다. 하지만 어떻게 연습해야 할까? 잘 떠오르지 않는다.

안도현 시인의 시를 잘 쓰는 방법을 기억하는가? 맞다. 좋아하는 시인을 고른 다음에 그 사람의 시를 필사하면 된다. 글도 마찬가지다. 좋은 글을 선택한 다음에 따라 써보면 된다.

그럼 좋은 글은 어디서 구할 수 있을까? 간단하다. 글로 먹고사는 사람들을 찾으면 된다. 그런 사람들은 멀리 있지 않다. 오늘 아침에 온 신문을 펴면 온통 글로 밥을 먹고 사는 사람들이다. 물론 그 사람들 모두가 좋은 글을 쓰지는 않는다. 막연하게 기자니까 글을 잘 쓸 거라 생각하지 말자. 그들 중에 충분히 연습하고 노력한 사람들이 글을 잘 쓴다.

신문사에는 논설위원들이 있다. 몇 십 년씩 기자 생활을 한 사람들이다. 그 사람들이 매일매일 쓰는 글이 있는데 그것이 바로 칼럼이다. 구체적으로 이야기하면 중앙일보 〈분수대〉라는 코너가 그것이다. 그날 일어난 사건을 자신의 생각과 버무려서 글을 쓴다. 게다가 그 글을 쓰는 사람들은 전문가 중의 전문가다. 대부분 문장이나 표현력이 좋다. 소재도 지루하지 않다. 하루는 스포츠, 다음 날은 경제, 그다음

날은 연예를 소재로 하곤 한다.

이런 코너는 모든 신문사에 다 있다. 한겨레신문은 〈유레카〉라 하고 경향신문은 〈여적〉이라 한다.

어떻게 베껴 쓰지?

좋은 글을 선택하고 무작정 따라 쓴다고 글을 잘 쓰게 되지는 않는다. 오히려 어설픈 도전은 자신의 한계만 확인할 뿐이다. 제대로 해야 한다.

나는 처음에 베껴 쓰기를 할 때 무작정이었다. 대충 한 번 훑어보고 시작했다. 그런데 그렇게 하니 내가 무엇을 하는지 모호해졌다. 쓰기에 열중하다 보니 내용도 머리에 들어오지 않았다. 수단과 목적이 뒤바뀐 느낌이었다.

베껴 쓰기 자체는 목적이 아니다. 글쓴이가 어떻게 글을 썼는지 배우는 게 목적이다. 관찰은 배움의 첫 단계 아닌가. 누군가를 따라 하려 할 때 잘 관찰해야지 잘 따라 할 수 있다. 글쓰기도 마찬가지다. 우선 글을 잘 읽어야 한다. 한 번에 내용이 이해 안 되면 다시 한 번 읽어야 한다.

내용이 이해되어야 그 사람의 글 쓰는 방법을 알 수 있다. 글을 쓴 사람의 머릿속에는 글의 내용이 이미 들어 있지 않았겠는가. 글은 그 내용의 표현일 뿐이다. 당연히 글의 내용을 이해하는 게 우선이고 글쓰기는 그 후이다.

컴퓨터로 해보아도 되고 손 글씨로 써 보아도 된다. 논술을 준비하는 학생이라면 직접 손으로 써보는 게 좋다. 실전을 대비하자. 너무 빨리 할 필요 없다. 베끼는 게 목적이 아니다. 천천히 하자. 그리고 글쓴이가 다음에 어떤 내용을 쓸지 예측해보면서 하면 좋다. 이는 논리를 다듬는 좋은 훈련이 된다.

모방을 창조로 만들기

모방이 모방으로 끝날 수 있다. 아무 생각 없이, 목적의식 없이 할 때 그렇게 된다. 베껴 쓰기는 지루하게 느껴질 수 있다. 특히 베껴 쓰는 글의 내용이 재미없으면 그렇게 된다. 사실 재미없는 글은 쓰는 사람도 잘 안다.

글 쓰는 사람은 주방장과 같다. 재료의 선택부터 음식을 만들기까지 혼자 한다. 이는 글 쓰는 사람이 글감의 선택부터 글의 완성까지 혼자 하는 것과 똑같다. 음식을 만든 주방장이 '맛없다'고 말하는 음식을 사먹지 말자. 그런 음식과 비슷한 글은 피해야 한다.

베껴 쓰기만 하면 끝나는 게 아니다. 모방을 창조로 만들기가 그리 쉽겠는가. 베껴 쓰기가 다 끝나면 이젠 자신의 글로 바꾸는 게 필요하다. 스스로 베껴 쓴 글을 바탕으로 자신의 문장으로 바꾸는 연습을 해야 한다.

이런 글쓰기 연습으로 유명한 사람이 있다. 그의 별명은 시골의사이고 이름은 박경철이다. 사실 박경철은 몰라도 의사이면서 컴퓨터 백신 프로그램을 만든 안철수는 안다. 이 둘은 같이 전국을 돌아다니며 강연을 해서 많은 인기를 얻었다.

이 박경철이라는 사람이 쓴《자기혁명》이라는 책에서 베껴 쓰기를 강조한다. 특히 그는 베껴 쓴 글을 다시 고치는 작업으로 많은 시간을 투자한다. 자신이 만족할 때까지 고치고, 다시 읽어보고, 다시 고치고. 시골의사의 이 작업은 모방을 모방으로 끝내려 하지 않는 의도가 숨어 있다. 다른 사람의 글을 베껴 쓰면서 글쓰기 방법을 배우고 그 글을 고쳐가면서 글쓴이를 넘어서려 했다.

'로마는 하루아침에 이루어지지 않는다.'고 했다. 처음부터 잘할 수는 없다. 하지만 그리 긴 시간이 필요하지도 않다. 하루에 하나의 칼럼을 한 달만 따라 해보자. 너무 긴가? 그럼 일주일? 뭐든지 좋다. 시작이 반이다.

물론 최선을 다해서 시작해보자.

고쳐라! 무조건 고쳐라!
─퇴고하기(1)

공부 못하는 학생의 특징

시험공부의 과정은 단순하다. 교과서를 읽는다. 문제를 푼다. 그리고 정답을 확인한다. 이것이 전부다. 시험공부를 하는 사람들은 모두 비슷한 방법으로 한다.

그런데 왜 성적이 차이 날까? 간단하다. 남들과 똑같은 과정을 할 때에는 누가 더 각각의 과정을 집중하면서 열심히 했느냐에 달려 있다. 그런데 집중력이 전부가 아니다. 공부 못하는 학생들에게는 다른 특징이 하나 더 있다.

공부를 안 하는 거지 못하는 것은 아니라고 생각했다. 누구나 하면 잘할 수 있다고 믿었다. 그런데 현실은 항상 조금씩 달랐다. 어떤 학생들은 정말 열심히 하는데 성적이 안 나왔다. 고민이 되었다. 왜 안 되는 걸까? 그래서 지켜보기로 했다. 어떻게 공부를 하는지.

그들도 방법은 비슷했다. 물론 책을 읽는 속도나 문제 푸는 속도는 느렸다. 그렇지만 다른 모든 과정은 똑같아 보였다. '세상에는 열심히 해도 안 되는 사람이 있구나.' 하고 체념하는 순간 차이가 보였다.

성적이 안 나오는 학생들은 교과서를 읽고 문제를 풀고 정답을 확인하기는 한다. 그런데 한 가지 빠졌다. 정답을 확인하지만 왜 틀렸는지는 확인하지 않았다. 조금 황당했다. 문제를 풀고 틀렸으면 왜 틀렸는지 확인해야 하지 않는가. 그들은 점수에만 과도한 집중을 하고 있었다.

고통스럽다. 자신이 공부를 못한다는 사실을 확인하는 일이 어디 기분 좋겠는가. 하지만 틀린 문제를 확인하기는 공부의 과정이다. 정확히는 필수과정이다. 즉, 무슨 일이 있어도 해야 하는 일이다. 이 과정 없이는 절대 성적이 오르지 않는다. 자신의 문제를 모르는데 어떻게 고쳐나갈 수 있겠는가. 시험문제를 풀지 않는다면 성적이 오르는 일은 일어나지 않는다.

글을 고치는 일은 글쓰기의 과정이다

바둑 기사들은 바둑을 다 두고 승패를 확인하고 나서도 자리를 뜨지 않는다. 처음에는 이상했다. '도대체 뭐 하고 앉아 있지? 이미 승부는 결정 나지 않았나?' 그래서 바둑을 두는 친구에게 물어봤다. 친구는 '복기(復棋)'를 하고 있다고 했다.

복기란 바둑을 끝마치고 나서 자신이 두었던 바둑을 상대와 그 자리에서 똑같이 두어보는 것을 말한다. 그러면서 바둑을 둘 당시 무슨 의도였는지 물어보고 만약 다르게 두었다면 어떻게 두었을지 이야기한다. 시험공부로 따지면 문제를 풀고 채점한 뒤에 문제를 왜 틀렸는지 확인하는 일과 비슷하다.

놀라웠다. 바둑을 이긴 사람이라면 크게 상관없겠지만 진 사람은 열 받지 않을까.

'실패는 성공의 어머니'라는 말이 있다. 자신의 실패로부터 원인을 찾고 그 원인을 보완하면 성공할 수 있다는 뜻이다. 바둑 기사들은 한두 번의 승패에 연연하지 않는다고 한다. 그들에게 승부는 운명이다. 학생들에게 시험이 운명인 것처럼.

바둑에서 복기가 하나의 과정이듯이 시험공부에서 오답 정리도 과정이다. 글쓰기도 똑같다. 문제를 풀고 채점만 해서는 안 된다. 왜 틀렸는지 확인하는 과정이 필요하다. 글쓰기에서 그런 과정을 '퇴고(推

敲)'라고 한다. 글을 다 쓰고 다시 고치는 과정이다.

헤밍웨이는 《노인과 바다》라는 소설로 유명하다. 그는 이 작품으로 노벨문학상을 받았다. 헤밍웨이는 말한다. 자신은 《노인과 바다》를 쓸 때 300번 이상 퇴고를 했다고. 그뿐만이 아니다. 글 쓰는 사람들은 모두 퇴고의 중요성을 강조한다. 《칼의 노래》 작가 김훈도 첫 문장을 쓰고 나서 고치는 데 며칠이 걸렸다고 한다.

글은 쓰는 것보다 고치는 게 중요하다고 한다. 사람들은 뛰어난 작가의 글쓰기를 오해한다. 한 번도 고치지 않은 줄 안다. 그런데 한 번도 고치지 않고 완성된 글은 없다. 많이 고치면 고칠수록 좋아진다. 이는 신문에 나와 있는 기사도 마찬가지다. 수없이 고쳐진다. 퇴고는 글쓰기의 과정이다. 퇴고가 없다면 글쓰기를 다한 것이 아니다.

논술시험에서는 시간이 부족하다. 퇴고를 시험 시간에 하다가는 시간이 부족할 수 있다. 그래서 논술시험을 준비하는 학생들은 평소에 많이 고쳐 봐야 한다. 많이 고쳐보면 볼수록 자신의 실력이 는다. 시험공부 하면서 문제를 풀고 오답을 확인하는 과정이라 생각하면 된다.

자기소개서는 시간의 제약이 없다. 보통의 글쓰기와 같다. 무조건 고쳐야 한다. 마음에 들지 않으면 며칠 지나고 나서 다시 고쳐야 한다.

어떻게 고쳐야 잘 고쳤다고 소문이 날까?

퇴고의 과정은 사람마다 다르다. 하지만 좋은 글을 만들고자 하는 목표는 같다. 그럼 무엇부터 시작해야 할까?

우선 다시 읽어야 한다. 너무 당연한가. 하지만 막상 해보려고 하면 쉽지 않다. 귀찮기도 하고 자신의 능력 없음을 발견할까 봐 걱정되기도 한다. 그리고 쓰자마자 다시 읽기보다는 시간이 지난 뒤에 읽어봐야 한다. 글을 쓸 당시에는 자신의 생각이 머릿속에 있어서 그 생각이 모두 글로 표현된 듯하다. 하지만 시간이 지난 뒤에 읽으면 자신은 완전히 새로운 독자가 된다. 당연히 글의 문제점이 잘 보인다.

수영할 때 중요한 게 무엇인지 아는가? 호흡이다. 그런데 이런 호흡은 수영할 때만 중요하지 않다. 글을 쓸 때도 중요하다. 앞에서 힘 있는 문장은 짧은 문장에서 비롯된다고 했다. 하지만 짧은 문장으로만 이루어진 글은 바보 같다. 바로 글의 호흡이 망쳐졌기 때문이다. 호흡은 글을 쓸 때는 모를 수 있다. 다시 읽어봐야지만 알 수 있다. 만약 너무 짧은 문장으로 끊어지는 느낌이 들면 문장을 합쳐보자. 그렇다고 한 말을 또 하고 또 하지는 말자. 그건 호흡이 아니다. 퇴고할 때 꼭 살펴보아야 할 부분이다. 글의 호흡.

맞춤법과 띄어쓰기는 기본 중의 기본이다. 완성된 글에 맞춤법이 틀리면 글을 쓴 사람의 의도는 안 보이고 그 틀린 맞춤법만 보인다. 요즘은 컴퓨터로 글을 많이 쓴다. 맞춤법 검사 기능이 모두 있다. 당연히 띄어쓰기도 교정해 준다. 귀찮아하지 말고 그 기능을 사용하자.

퇴고의 본격적인 설명을 시작하겠다.

좋은 글이 무엇이라고 했는가? 힘 있는 문장을 논리로 연결하면서 이해하기 쉬워야 좋은 글이다. 글의 논리성은 '문장과 문단'과의 관계를 살펴야 한다. 그에 반해 힘 있는 문장과 쉬운 글은 '낱말과 문장'이 관련되어 있다. 물론 쉬운 글이 되려면 문단과의 연결이 중요하기도 하지만 우선은 '낱말과 문장'이다.

당연히 처음에는 문장부터 챙겨야 한다. 문장을 챙긴다는 의미에는 낱말도 포함되어 있다.

문장 자체에 특별한 결함이 없다면 글 전체를 보면서 흐름을 보아야 한다. '부분'부터 '전체'로 흘러가야 한다. 물론 이 과정은 반복된다. '전체'를 보다가 '부분'이 보이기도 하고 '부분'을 고치다가 '전체'의 문제가 보이기도 한다. 그럼 어떻게 '부분'을 고치고 '전체'를 고쳐가야 할까?

문장을 고치고 글을 고치고 다시 문장을 고치자
─퇴고하기(2)

떠나라, 나의 글로부터

퇴고의 3원칙이 있다고 한다.

제1원칙은 '부가의 원칙', 제2원칙은 '삭제의 원칙'이고 제3원칙은 '재구성의 원칙'이라고 한다. 우선 '부가의 원칙'은 빠진 부분을 보충하며 글을 다듬는 과정이고, '삭제의 원칙'은 불필요한 부분을 지워나가는 과정이다. 마지막으로 '재구성의 원칙'은 글의 논리성을 다듬는 과정을 말한다.

연애를 글로 배울 수 있을까? 불가능할 것이다. 서점에 수많은 연애 잘하는 책이 있지만 현실은 언제나 방구석에 혼자 있는 나를 보게 된다. '퇴고의 3원칙'은 연애하는 법을 알려주는 것 같은 죽은 지식이다. 실제 퇴고할 때 사용되지 않는다. 그냥 한 번 '저런 원칙이 있구나.' 하고 넘어가자. 가끔 저런 도움 안 되는 원칙을 볼 때마다 '만든 사람은 진짜 해보기는 했는가?' 하고 물음이 생긴다.

다시 퇴고하기로 돌아가자. 퇴고의 기본은 다시 읽기다. 천저히 '독자'가 되어야 한다. 그리고 '다른 작가'가 되어야 한다. 무슨 말인가?

'독자'가 되어야 한다는 말은 이 글을 읽는 사람의 입장이 되어야 한다는 뜻이다. 모든 글에는 독자가 있다. 어떤 글은 그 독자가 한정되어 있기도 하고 또 어떤 글에는 모든 사람이 독자가 되기도 한다. 가령 대통령의 연설문은 모든 사람이 독자다. 최소한 누가 내 글을 읽을지 염두에 두면서 퇴고를 해야 한다. 대학생이 교수님에게 낼 보고서를 쓸 때 어려운 개념을 하나씩 설명할 필요는 없지 않겠는가.

'다른 작가'가 되어야 한다는 말은 제삼자의 입장에서 보아야 한다는 뜻이다. 부모는 자식에게 냉정해질 수 없다. 잘못을 저지른 아이의 부모는 변명한다. "우리 아이가 절대 그럴 이가 없어요." 어디 쉽겠는가? 자식의 잘못을 인정하는 일이. 왜냐하면 자기 자식의 잘못을 인정하면 그건 스스로의 잘못을 고백함과 같다. 부모는 '자신'과 '자식'을 동일시한다. 그래서 더 힘들다.

글도 같다. 누가 썼는가? 바로 자신이 썼다. 그런데 그 글의 잘못을 인정해야 하니, 쉽지 않다. 부모의 마음이다. 자신의 글에 지나치게 집착하게 되면 나쁜 글이 된다. 잘못은 그때그때 바로 잡아 주어야 한다.

한 가지만 더 기억하자. 누구도 한 번에 완벽한 글을 쓸 수 없다. 내 글도 한 번에 완벽해질 수는 없다. 퇴고는 글쓰기의 과정이다.

내 글에서 떠나서 다시 글을 보자.

호흡과 리듬을 생각하며 읽어라

마음의 준비가 되었다면 글을 보자. 이 글은 더 이상 내 것이 아니니 마음껏 고쳐주자.

그럼 무엇부터 해야겠는가? 읽어야 한다. 쓰자마자 읽는 것은 좋은 방법이 아니다. 한 시간이라도 다른 일을 하다가 돌아오자. 누군가와 이별하면 치유할 시간이 필요하다. 글과 이별한 뒤 마음을 정리하는 시간을 갖자.

퇴고의 시작과 끝은 같다. 둘 다 글을 읽는 것이다. 마음에 들 때까지 고친다는 뜻은 마음에 들 때까지 읽어봤다는 말이다. 그럼 어떻게 읽어야 하는가? 글은 일종의 숲이다. 문장이라는 나무와 나무가 연결되어서 거대한 숲을 형성한다. 때로는 나무가 문제의 원인이 되기도 하고 때로는 숲 전체가 문제이기도 하다. 그런데 그런 문제를 발견하려면 숲 안에 있어서는 볼 수 없다. 하늘에서 보아야 한다.

퇴고할 때도 하늘에서 숲을 보듯이 해야 한다. 무슨 말인가? 글의 호흡과 리듬을 생각해야 한다는 뜻이다.

첫 번째 퇴고에서는 문장을 고쳐야 한다. 그런데 문장 자체만 신경 써서는 안 된다. 힘 있는 문장이 혼자 있는가? 이해하기 쉬운 문장이 혼자 있는가? 모두 다른 문장과 연결되어 있다. 당연히 글의 흐름을 생각해야 한다.

글쓰기를 처음 할 때 범하는 실수 하나. 너무 짧은 문장에만 의존한다. 피아노 연주에서 '스타카토'(음을 하나하나 짧게 끊어서 연주하는 방법)로만 이루어진 곡은 없다. 얼마나 숨 막히는 줄 아는가. 글도 마찬가지다. 짧은 문장으로만 이루어져 있으면 맛이 안 난다. 호흡과 리듬이 없기 때문이다.

퇴고는 그렇게 해야 한다. 처음도 글의 호흡과 리듬을 생각해야 하고, 끝도 호흡과 리듬을 생각해야 한다. 그렇게 읽으면서 문장도 살폈다가 글 전체의 논리도 살폈다가 해야 한다. 전체를 읽지 않고 각 부분이 마음에 안 들어서 달려들었다가는 글 전체를 망치게 된다.

호흡과 리듬을 생각하면서 읽는 것은 퇴고의 시작이다. 읽다가 어색하거나 마음에 들지 않는다면 고쳐야 한다. 단순하다. 물론 이 어색함이 사람마다 다르다. 그래서 개인의 문제가 나온다. 이 부분은 옳고 그름이 없다. 모두 존중받아야 한다.

기억하자. 부분이 어색해도 전체를 읽으면서 고쳐야 한다. 글 전체의 호흡과 리듬을 생각하면서 고쳐보자. 잔소리가 심했다.

나무라는 문장을 고치자

글을 쓰고 다시 퇴고하기 위해 처음 읽을 때 목표는 하나다. 바로 문장 고치기이다. 문장을 고친다면 무엇부터 고쳐야 할까?

당연히 '길이'다. 대부분의 중고생 글, 혹은 성인들의 글의 공통된 문제점이 문장의 길이이다. 너무 길다.

누군가는 묻는다. "도대체 긴 문장이 왜 문제란 말인가?" 그 질문에 답해보겠다. 우선 문장이 길어지면 의미가 분명히 전달되지 않는다. 글의 호흡과 리듬도 망친다. 이는 글을 끝까지 집중해서 읽는 것을 방해한다. 이보다 더 큰 문제점이 있을까? 글의 존재는 다른 사람에게 읽히기 위함이다. 존재의 이유를 부정당하는 글을 쓰고 싶은가.

문장의 길이가 길어지는 원인은 두 가지 정도가 있다. 우선 한 문장에 많은 생각을 담으려고 한다. 이에 대한 해결 방법은 간단하다. 나누자. 하나의 긴 문장보다는 짧은 여러 문장으로 나누어야 리듬과 호흡에 좋다. 당연하지 않겠는가. 쉼표 없는 노래는 숨이 차다.

다음으로는 과도한 수식이다. 영화 〈친구〉의 대사 "고만해라. 많이 묵었다."를 기억하는가? 맞다. 적당히 꾸며주자. 이에 대해 소설가 이외수씨는 말한다.

"나는 매미들이 발악적으로 울어대는 오솔길을 혼자 걷고 있었다."라는 문장을 쓰기 전에 "나는 오솔길을 걷고 있었다."라는 문장을 먼저 쓴다.

좋은 방법이다. 문장을 꾸미는 일은 이사 가서 집을 꾸미는 일과 비슷하다. 처음 이사를 하면 무엇부터 하는가? 우선 청소를 하고 가구를 배치한다. 그다음 커튼도 치고 액자도 걸고 한다. 우선 문장의 원형을 만들고 그 다음 꾸미기를 시작하자.

하지만 퇴고는 이미 꾸며놓은 집을 정리하기이다. 버릴 건 버리고 정리할 건 정리해야 한다. 무언가를 더 사기 보다는 필요 없는 물건들을 버리고 정리해야 한다. 그러면서 중요한 것만 꾸며야 한다.

퇴고하면서 문장의 길이를 살폈다면 이번에는 문장의 의미를 살펴야 한다. 특히 문장의 의미가 분명히 전달되고 있는지 고민해야 한다. 이는 주어와 서술어가 일치하는지, 너무 멀리 있지 않은지 고민하는 과정이다.

한때 고민이 있었다. "조선 시대에 가장 훌륭한 장수는 이순신이다."라는 문장과 "이순신은 조선 시대에 가장 훌륭한 장수이다."라는 문장 사이에서의 고민. 하나는 뒤에 '이순신'이 오고 다른 하나는 뒤에 '훌륭한 장수'가 온다. 많이 읽어 봤다. 두 문장의 차이가 무엇인지.

고민의 결론은 이랬다. 첫 문장에서는 '조선 시대'가 먼저 보인다. 그 문장에서는 이순신도 중요하지만 더 중요한 것은 '조선 시대'이다. 그러나 뒤 문장에서는 '이순신'이 먼저 보인다. 당연히 '이순신'이 중요해 보인다. 무언가를 힘주어서 이야기할 때는 그 단어를 문장의 앞에다 놓아야 한다. 두괄식의 글이 좋다는 말은 문장에서도 같다. 문장 앞에 있는 단어가 읽는 사람에게 강하게 남는다.

마지막으로 확인할 부분은 낱말이다. 최근에는 신문 같은 언론매체에서 한자어를 줄이려고 노력한다. 이와 같은 흐름은 국어교육에도 영향을 미친다. 한자어보다는 쉬운 말을 쓰려고 한다. 그러다 보니, 중고생들의 글에서 어려운 낱말 때문에 문제되는 경우는 거의 없다. 오히려 중고생들이 한글 낱말을 몰라서 문제이면 모를까. 하지만 중고생 글에 언어의 파괴는 너무 많다. 요즘은 영어를 초등학생 때부터 배운다. 영어 단어가 익숙하다. 그리고 언제부터인가 줄임말도 너무 많이 등장했다. 온갖 드라마의 제목을 줄여 부른다. '응사', '너목들', '별그대'. 처음에는 무슨 말인지 몰랐다. 시간이 지나서 그 드라마를 보지 못했다면 당연히 모른다. 물론 이는 우리나라만의 문제는 아니지만 좋은 방향은 아니다. 특히 글에서 사용한다면 단박에 나쁜 글이 된다.

중고생들은 드라마 제목뿐 아니라 그들의 언어가 있다. 혹시 '컴사'가 무엇인지 아는가? 처음 그 낱말을 들었을 때 세 번을 다시 물어보았다. 처음에는 그 말이 영어인지 한글인지 판단하느라고 시간을 보냈고, 두 번째는 한글이라 생각한 후 내가 정확히 들었는지 확인하였다. 마지막에 초능력 같은 나의 센스로 알아들었지만 짜증스러웠다.

이런 줄임말은 절대로 글에서는 쓰면 안 된다. 반드시 풀어쓰자.

이젠 글을 보면서 읽자

이젠 글을 볼 시간이다.

문장을 고쳤으면 글을 좀 빠르게 읽어 볼 필요가 있다. 물론 호흡과 리듬은 기본이다. 글을 읽는 과정에서는 진정 숲을 봐야 한다. 나무 하나하나의 모양은 중요하지 않다. 숲에서 어느 곳에 나무가 부족한지, 어느 곳에 나무가 너무 많아서 성장에 방해가 되는지 판단해야 한다.

특히 글 전체를 보는 것은 논리를 판단하는 과정이다. 아마 '퇴고의

3원칙' 중 '재구성의 원칙'에 해당할 듯하다. 논리는 무엇이라 하였는 가? 바로 생각의 연결고리다. 이 연결고리는 문장으로 이루어져 있다. 문장과 문장이 자연스럽게 연결되는지 판단해야 한다.

이 자연스러움을 방해하는 것이 '접속사'(그리고, 그러나, 그럼에도 등)이다. 사실 접속사는 문장과 문장을 자연스럽게 연결해주는 도구다. 그런데 이 접속사를 방해꾼이라고 말하다니, 이상하게 생각할 수 있다.

전에도 말한 적이 있다. 접속사는 글에서는 '못'과 같다고. 즉 한옥을 지을 때 '못'을 사용하지 않는다. 못은 한옥의 자연스러움과 어울리지 않는다. 글도 한옥처럼 자연스러워야 한다. 접속사를 최소한으로 줄이려고 노력하자. 만약 사용한다면 '벽에 액자를 거는 용도'로만 사용하자.

문장과 문장의 흐름이 어색할 때에는 우선 문장을 고쳐보자. 그 뒤에 어색함은 없지만 논리적으로 자연스럽지 않으면 문장을 추가해야 한다. 특히 논리적 흐름에 문제가 있다면, 이는 '예시'가 없어서 그렇게 되기도 한다.

다음 문장을 보자.

예 "이순신은 조선 시대에 가장 훌륭한 장수이다. 그는 임진왜란을 승리로 이끄는데 모든 것을 바쳤다."

위의 글에서 첫 문장과 두 번째 문장이 자연스러운가? 물론 특별히 문제 되지 않는다. 하지만 논리성으로 따지면 부족해 보인다. 이순신 장군이 가장 훌륭한 장수인 것이 임진왜란 때 모든 것을 바쳤기 때문이라는 뜻인데, 두 문장 사이의 연결이 매끄럽지 않다. 이럴 때는 근거를 좀 집어넣어야 한다.

 교정 "이순신은 조선 시대에 가장 훌륭한 장수이다. 왕인 선조는 나라를 버렸다. 누구도 도와줄 수 없었다. 남아 있는 것은 몇 척의 거북선뿐이었다. 29전 29승. 누가 이런 역사를 만들 수 있겠는가. 그는 임진왜란을 승리로 이끄는데 모든 것을 바쳤다."

몇 개의 문장을 추가했다. '훌륭하다'라는 판단은 주관적이다. 많은 근거가 필요하다. 주관적인 판단과 객관적인 판단을 구별하자. 객관적인 판단은 존재하는 사실이기 때문에 많은 근거를 필요로 하지 않는다. 하지만 주관적인 판단은 설득을 해야 한다. 당연히 훨씬 많은 근거가 필요하다.

문단과 문단을 읽었을 때 문단 전체가 흐름의 방해가 될 때가 있다. 과감히 삭제하자. 다시 쓰는 방법이 최선이다. 이를 두려워하면 좋은 글이 안 나온다.

사실 문장을 지우는 일은 어렵지 않지만, 단락을 통째로 지우는 일은 어렵다. 그런데 그 일을 못 하면 글 전체가 엉망이 된다. 단락은 워낙 큰 부분이어서 글에 미치는 영향도 크다. 글의 논리성을 망치는 가장 큰 원인은 단락과 단락의 흐름이 어색할 때이다.

마지막으로 글의 흐름은 이상한데 지루할 때가 있다. 그럴 때는 오아시스가 부족하다는 뜻이다. 사자성어나 자신의 이야기로 사막 같은 글의 오아시스를 만들자.

다시 문장을 보자

다시 문장으로 돌아오면 사소한 일만 남는다. 평소에 '~것이다'라는 표현을 안 좋아한다. 그래서 될 수 있으면 고치려고 노력한다. 이런 표현은 글을 너무 딱딱하게 한다.

물론 쉽지 않다. 일종의 버릇이라 그런지 자꾸 쓰게 된다. 딱딱한 자리를 편안하게 생각하는 사람은 없다. 글도 편안하게 읽어야 한다. 학교 교과서를 읽으면서 편안함을 느끼는 사람은 없지 않은가. 고치는 방법을 보자.

 이순신 장군은 나라를 구한 것이다.

짧은 문장이다. 이런 문장은 그냥 '~하였다'로 고치면 된다.

 이순신 장군은 나라를 구하였다.

이런 교정만으로도 문장의 길이가 줄었다. 이는 뒤의 문장과 호흡과 리듬을 생각해서라도 안정적이다. 하지만 언제나 최선은 아니다. 무엇인가를 결론적으로 힘주어서 이야기할 때는 '~것이다'라는 표현이 좋다.

피동형 표현도 분명히 고쳐야 한다. '생각되다'를 '생각되어집니다.'로 쓰지 말자. 너무 겸손을 떠는 자세는 좋지 않다. 글은 하나의 주장 아닌가. 말하는 사람이 자신이 없으면 듣는 사람도, 읽는 사람도 마찬가지다. 자신 있게 쓰자.

마지막으로는 따옴표를 살펴본다. 내가 강조하고 싶은 말이 분명히 보이는지 아닌지. 특히 작은따옴표가 적절한지 살펴봐야 한다. 그리고 따옴표의 통일성도 살피자. 이랬다저랬다 하면 읽는 사람은 헷갈린다.

지금까지 이야기한 과정이 전부는 아니다. 각자 개성이 있는 것처럼 중요하게 생각하는 포인트가 다 다르다. 최소한이라고 생각하자. 그리고 이런 과정은 반복된다. 문장을 보고 글을 보고 다시 문장을 본다. 그래서 자꾸 고치게 된다. 작가들이 퇴고에 시간을 보내게 되는 이유다.

나 보기가 역겨워
가실 때에는 말없이
고이 보내 드리우리다.

김소월의 '진달래꽃'의 앞부분이다. 시인은 이 시를 완성하기 위해 3년을 퇴고했다고 한다.
고쳐라! 무조건 고쳐라!

잔머리가 아닌 가슴으로 써라

좋은 글을 쓰고 싶다는 마음에……

잔머리를 굴렸다. 중학교 백일장 때의 일이다.

벚꽃 핀 4월에 따스한 햇볕을 맞으며 창경궁인지 창덕궁인지에 앉아 있었다. 사춘기인지라 감수성이 예민했을 때이다. 이참에 문학 소년이나 되어 보자는 마음이 들었으니. 많이 흥분한 상태였나 보다.

그러한 상태에서 글을 쓰기 시작했다. 집중도 했다. 그러다 집중력이 떨어질 무렵 문득 하나의 생각이 들었다. 바로 '무엇을 써야지 선생님들이 좋아할까'이다. 난 이런 잔머리가 부끄럽지 않았다. 그게 무엇이 잘못되었단 말인가? 백일장에서 좋은 점수를 받기 위해 글을 쓰는 것이. 좋은 점수를 받고 싶은 마음은 학생으로 당연한 거 아닌가?

암튼 난 그런 마음으로 글을 썼다. 당연히 선생님들이 좋아할 것만 같았다. 스스로 다시 읽어봐도 잘 쓴 듯 보였다.

'일장춘몽'이라고 했던가. 한바탕 봄에 꾼 꿈이었다. 백일장 결과를 발표하는 날 난 어느 곳에서도 내 이름을 찾을 수 없었다. '도대체 얼마나 잘 써야 상을 탈 수 있단 말인가.' 이런 한탄도 한 번. '왜 선생님들은 이런 좋은 글을 몰라보는가.'라는 원망도 한 번이었다.

선생님은 약간의 교정과 더불어 내 원고지를 돌려주셨다. 난 여전히 기세등등하였다. '내 비록 상은 타지 못하였지만 내 글이 좋은 글이 아니라고 말할 수는 없다'라고 믿었다.

이런 생각으로 돌려받은 원고지를 읽어보았다. 한 3분 지났을까. 얼굴은 뜨거워지고 내 손은 원고지를 가리기 바빴다. 믿을 수가 없었다. 정말 이 원고지가 내 것이 맞단 말인가. 아무리 이름을 확인해도 내 이름 석 자가 비뚤비뚤 그려져 있었다. 내 것이었다.

글은 머리가 아닌 가슴이다

좋은 글을 쓰고 싶었다. 이곳저곳 좋은 글이 무엇인지, 어떻게 하면 좋은 글을 쓰는지 많이 묻고 다녔다. 그 질문에 가장 많이 돌아온 대답은 이거다.

"좋은 글을 쓰려면 가슴으로 써라."

특히 글을 써서 먹고사는 작가나 시인들이 저런 이야기를 많이 한다. '글은 손으로 쓰는 거 아닌가? 그리고 그 손은 머리에서 나온 생각으로 쓰는 거 아닌가?'라는 질문이 떠올랐다. 아무리 생각해도 가슴으로 쓰라는 말은 이해할 수 없었다. 그러다가 우연히 어떤 어머니의 편지를 읽게 되었다. 인터넷에 돌아다니는 중이었다.

편지는 사랑하는 딸을 두고 암으로 세상을 떠나는 엄마의 마음을 적었다. 죽음을 눈앞에 두고서도 딸을 생각하는 마음에 저절로 눈시울이 젖었다. 이 편지를 읽고 난 깨달았다. '가슴으로 쓰라'는 말이 무슨 뜻인지.

가슴으로 쓰라는 말은 진정성을 갖고 쓰라는 뜻이다. 진정성은 무엇인가? 철학자 칸트는 말했다.

"사람을 수단으로 대하지 말고 목적으로 대하라."

이는 내 이득을 위해서 다른 사람을 이용하지 말라는 뜻이다. 우리는 어떤가? 다른 사람을 수단으로 이용하지 않는가? 특히 글을 쓸 때 어떤지 생각해보자. 만약 내 글이 다른 사람에게 좋은 글로 보이기 위해 쓴 것이라면, 난 이미 칸트의 말과는 다르게 행동한 것이다.

글을 읽는 사람은 '어떤 필요'에 의하여 읽는다. 지식이 필요하기도 하고 휴식이 필요하기도 하고 지혜가 필요하기도 하다. 그런데 거짓된 글을 읽는다면 어떻겠는가. 아마도 사기당한 기분이 들 듯하다. 게다가 읽는 사람이 그 거짓을 모를까? 책 읽는 방법 중 가장 추천받는 방법이 '비판하며 읽기'이다. 원래 읽는 사람은 이 글이 진실한지 판단하며 읽는다. 그러니 좋은 글, 나쁜 글을 쉽게 구별할 수 있다. 결국 좋은 글은 진정성을 갖고 써야 한다.

좋은 글을 쓰는 방법은 알았다. 이젠 문제는 하나만 남았다. 바로 진정성을 갖는 것이다. 그런데 그 진정성은 어떻게 갖는단 말인가? 머릿속으로 '나 지금 진정성 갖고 있는 중이야.'라고 생각하면 되는가. 세상은 만만하지 않나 보다. 내 진정성 갖는 일도 이리 고민스럽다니. 진정성을 갖기 위해서는 다음의 두 가지가 필요하다.

진정성을 갖기 위해 필요한 두 가지

그중 하나는 솔직함이다. 내가 본 것, 내가 느낀 것을 써야 한다. 남이 본 것, 남이 느낀 것을 내 경험처럼 쓰면 그건 거짓말이다. 보지도 않고 느끼지도 않았는데, 느끼거나 본 것처럼 써도 안 된다. 나를 속이지 말자.

다른 하나는 용기다. 괴물로부터 공주를 구해야 하는 거창한 용기가 필요하지는 않다. 대신 내 생각은 이렇다고 말할 수 있는 솔직해질 수 있는 용기가 필요하다.

우리는 경쟁 사회에 살고 있다. 남보다 잘나야 이길 수 있다. 그런데 어디 그런가? 완벽한 사람은 없다. 수많은 남과 비교하면 나의 단점은 수없이 많아진다. 그 단점을 숨기기 위해 자꾸 속이게 된다. '나 원래 이거 잘못해.'라고 말하기 힘들다. 사람들이 우습게 볼 것 같은 두려움도 있다. 하지만 용기를 갖자. 세상에 변하지 않는 것은 없다. '메시'는 처음부터 축구를 잘했겠는가. '김연아'는 처음부터 스케이팅을 잘 탔겠는가. 모두 처음에는 잘하지 못했다.

자신의 단점을 이야기할 수 있어야지 장점으로 바뀐다. 그리고 열심히 해보지 않아서 잘하지 못함은 단점이 아니다. '나 아직은 잘하지 못해.'라고 말해보자. 그 정도 말을 할 수 있는 용기만 있으면 된다.

자기소개서나 논술에서 어려움 중의 하나가 용기를 갖는 것이다. 자기소개서는 나를 설명해야 하다 보니 자꾸 과장이 들어간다. 이는 나쁜 글을 만드는 치명적이 이유다. 논술도 비슷하다. 이 글로 자신의 무식이 드러날까 봐 걱정된다. 남들은 모두 완벽한 글을 쓰는 듯 착각한다.

좋은 글은 자신을 솔직히 들어낼 때 나온다. 자신이 아는 지식 안에서 논리를 세워야지 그 논리가 날카로워진다. 모르는 말로 논리를 꾸미려고 하면 논술시험이 아니라 소설시험이 된다.

당신이 솔직하다면 그건 인생 최대의 무기가 될 것이다.

작가들의 퇴고하기

당신은 어떻게 글을 쓰는가?

소설을 써보려고 한 적이 있다. 문방구에서 스프링이 달린 꽤 두꺼운 노트를 장만하고 책상 앞에 앉았다. 불 켜진 스탠드와 종이 냄새가 은은하게 풍기는 노트 한 권만이 보였다.

제목을 쓰기 위해 펜을 잡고 종이에 다가가니 어디선가 망설임이 찾아왔다. 분명 노트를 구입하기 전만 해도 펜을 잡자마자 소설을 끝마칠 기세였었다. 하지만 그 기세는 허세였다.

무엇을 쓰고 싶은지 분명하지 않았다. 등장인물이 몇 명이 될지 생각하지 않았다. 이 소설의 클라이맥스는 무엇이 될지도 생각하지 않았다. 시대의 배경, 인물의 성격 그 어떤 것도 내 머릿속에 들어와 있지 않았다. 그날 이후로 소설 쓰기를 잠시 접었다. 거대한 파도를 경험하고 나서 내가 바다와 궁합이 맞는지 고민했다. 포기하는 사람의 일상적인 순서다. 하지만 마음속의 꿈까지 쉽게 버리지는 못했다. 그러다가 발견한 책이 《작가란 무엇인가?》이다. 거창한 제목에도 불구하고 내용은 인터뷰 형식이다. 책 표지에는 누구를 인터뷰했다고 나오지 않았다. 거창한 제목과 대비되는 시시한 내용을 기대하며 첫 장을 펼쳤다. 그런데 만 원짜리 한 장이 놓여 있는 느낌이었다. 물론 진짜는 아니다. 하지만 내 동공은 만 원짜리를 본 듯 확장되었다.

그곳에는 작가들의 일상과 작품을 쓰는 법 그리고 퇴고 등이 인터뷰 되었다. 처음에는 소설의 구상을 어떻게 하느냐가 관심이었지만 읽다가 생각이 바뀌었다. 누구도 고침 없이 한 번에 글을 쓰지 않았기 때문이다.

만약 하나의 소설이 1년에 걸쳐서 나왔다면 대부분은 6개월은 초고를 쓰고 6개월은 퇴고를 한다. 그러면서 그들은 말한다. '글을 고치는 게 더 중요하다.' 특히 내 시선을 멈추게 한 작가는 두 명이 있다. 한 명은 1954년에 노벨 문학상을 받은 헤밍웨이고 다른 한 명은 최근에 노벨 문학상이 기대되는 무라카미 하루키이다. 그들의 퇴고와 일상을 훔쳐보자.

무라카미 하루키

한국에서 가장 인기 있는 작가라고 말해도 될 듯하다. 판매된 책의 권수로 치면 당해낼 작가가 없다. 일본에서 책이 출판되면 한국에서 입소문을 타고 책의 인기가 치솟는다. 어떤 이들은 아직 번역도 안 된 책을 사 오기도 한다.

최근에는 노벨 문학상에도 언급된다. 미국에서 가장 책이 많이 팔린 일본 작가라는 타이틀도 있다. 하지만 반전은 있다. 그의 대중성에 비해 소설은 쉽지 않다. 스스로도 인정한다. 그래서 가끔은 더 놀랍다고도 한다. 사람들이 이런 소설을 좋아한다는 사실에.

한국에서도 모든 사람이 그의 소설을 좋아하지는 않는다. 어떤 이들은 '하루키를 읽는 것이 자신의 지적인 허세를 채워주기 때문이라고' 말하기도 한다. 어쨌든 판단은 각자의 몫이다.

하루키의 작품을 쓸 때의 일상은 규칙적이다. 작가라고 하면 자유롭고 고독한 느낌이 들기도 하지만 현실은 그 누구보다도 규칙적으로 생활한다. 마치 감옥으로 스스로 들어가는 것처럼 말이다.

"소설을 쓸 때는 네 시에 일어나서 대여섯 시간 일합니다. 오후에는 10킬로미터를 달리거나 1.5킬로미터 수영을 합니다. 둘 다 할 때도 있고요. 그러고 나서 책을 좀 읽고 음악을 듣습니다. 아홉 시에 잠자리에 들지요."

본격적인 소설 쓰는 과정으로 넘어가 보자. 하루키는 책 한 권을 쓰는데 1년 정도가 걸린다고 한다. 물론 자료 조사며 구상하는 것까지 합치면 더 오랜 시간이 걸린다. 그래서 보통 그의 책은 3년에서 4년에 한 번 정도 출판된다. 책 쓰는 시간만 이야기한다면, 초고를 쓰는데 6개월 정도가 걸린다고 한다. 그리고 6~7개월은 수정하는데 보낸다고 한다. 가끔은 소설의 3분의 2 정도를 썼을 때까지 자신의 소설 속 범인이 누구인지 몰랐다고 말하기도 한다.

하루키는 말한다.

"초고는 엉망진창이거든요. 고치고 또 고쳐야 해요."

어니스트 헤밍웨이

헤밍웨이의 책을 한 권도 읽어보지 않았을 때부터, 난 그가 좋았다. '노인과 바다'가 내 머릿속에 남게 된 이유도 작품 때문이 아니었다. TV광고에서 배우 '신구'가 '니들이 게 맛을 알아'라고 해서 유명해졌기 때문이었다. 그 광고는 '노인과 바다'를 패러디한 것이었다.

헤밍웨이가 좋았던 이유는 딱 하나다. 그가 잘 생겼기 때문이다. 왠지 지적이면서도 유머감각이 있어 보였다. 그리고 '노인과 바다'의 노인 같은 느낌도 있었다. 시작은 단순했지만 그의 작품이며 인생을 보고 있으면 웃음만으로 가슴이 채워지지 않는다.

헤밍웨이는 〈캔자스시티 스타〉라는 신문사의 리포터였다. 그러다가 세계 1차 대전이 발발하자 자원입대했다. 그곳에서 그는 구급차 운전병이었다. 전쟁에서 그는 큰 부상을 입고 돌아왔고 치료 후에는 파리로 가서 특파원으로 일했다. 1차 대전의 경험을 바탕으로 쓴 《무기여 잘 있거라》로 헤밍웨이는 주목받는 작가가 되었다. 그 후 헤밍웨이 하면 떠오르는 작품인 《노인과 바다》로 노벨 문학상과 퓰리처상을 받았다.

헤밍웨이의 특이한 점은 그가 소설을 쓸 때 서서 쓴다는 것이다. 게다가 그의 작업실에는 골판지 상자의 한쪽을 뜯어서 만든 도표가 있는데, 그 도표 위에는 '나 자신을 속이지 않기 위한'이라고 쓰여 있다.

그는 매일매일 자신이 소설을 쓰면서 사용한 단어의 숫자를 그곳에다가 기록해 놓는다. 가령 450, 575, 1250 같이 말이다. 기자가 왜 그런 단어의 숫자를 기록하냐고 묻자 헤밍웨이는 말한다. "숫자를 기록해놓아야 내가 하루 동안 작업한 것을 알 수 있죠. 숫자가 많으면 다음 날 멕시코 만에서 낚시질을 하면서 하루를 보내더라도 죄책감을 느끼지 않게 됩니다."

헤밍웨이의 퇴고는 일상이다. 그는 매일매일 글쓰기를 멈추면 퇴고를 한다. 물론 이렇게 퇴고를 하고 나서도 원고를 끝마치면 다시 퇴고를 한다. 보통은 이 정도에 마무리한다. 하지만 아직 그의 퇴고는 끝나지 않았다.

원고를 끝마치고 하는 퇴고는 중간쯤이다. 그는 누군가 타자를 쳐서 깨끗한 원고를 가지고 오면 다시 한 번 고친다고 한다. 마지막으로 그는 교정 볼 때 퇴고를 한 번 더 한다고 한다.

《무기여 잘 있거라》에서 그는 마지막 쪽을 서른아홉 번이나 고치고 나서야 겨우

만족했다고 한다. 글을 쓰는 것보다 퇴고가 더 중요하다고 헤밍웨이도 스스로

밝히고 있는 부분이다.

자기소개서와
논술

자기소개서와 논술 그리고 글쓰기

중고생 때 써볼 수 있는 두 가지 글

중고생이 글을 쓸 기회는 그리 많지 않다. 간혹 글 쓸 기회가 있어도, 이를 기회로 생각하는 학생은 더더욱 없다. 그럼에도 불구하고 우리는 글을 써야 한다.

논술학원에 다니는 학생들의 목적은 무엇인가? 물론 목적은 없고 이유는 있다. 뭐 다들 알겠지만, 학원에 온 학생한테 "너 이 학원 왜 왔어?"라고 물으면 몇 개의 대답이 돌아온다. 정말 몇 개다. 어찌 그렇게 객관식처럼 말하는지. 그중 제일 많은 대답은 이거다.

"학원에 공부하러 왔어요."

난 이 대답을 무조건 거짓말로 생각한다. 그 대답을 듣자마자 내가 하는 행동은 정해져 있다. 살짝 웃는다. 그리고 말한다. "뻥 치시네."

그 후 아이는 진실을 말한다. 당연히 엄마가 가라고 해서 왔다고. 물론 100명 중에 한두 명은 스스로 공부하러 온 아이를 본다. 그러나 대부분은 아니다. 목적은 없고 이유만 존재한다. 당연히 이유는 엄마이다.

그렇다면 엄마한테 물어봐야겠다. 아이를 왜 보냈냐고. 대답은 독서와 글쓰기를 잘하게 하고 싶어서 보냈다고 한다. 불행의 시작이다. 학원에 다니자마자 모든 재미있던 일들이 재미없어지는 모세의 기적을 경험하게 된다.

혼자 할 때는 재미있어도 학원에서 하면 재미없다. 아이들은 점점 글쓰기와 책 읽기를 싫어한다. 당연하지 않겠는가? 책 읽기를 숙제로 내주는데 누가 숙제하기를 좋아한단 말인가. 게다가 읽어만 오면 다행이게? 독후감도 쓰게 한다.

글쓰기를 배우려고 학원에 갔지만 글쓰기를 싫어하게 되는 특이한 경험을 하고 나서 글 쓸 기회를 맞이한다. 난감하다. 그래도 어쩌겠는가. 고등학교에 가려면 써야 하고, 대학에 가려 하면 써야 한다.

그럼 무슨 글을 써야 하는가? 일상적으로 쓰는 독후감도 있지만 좋은 고등학교에 가기 위해 쓰는 자기소개서가 처음이 된다. 그리고 대학을 가기 위해서는 논술시험도 봐야 한다.

이 두 가지가 중고생 때 진지하게 쓸 수 있는 글들이다. 목적은 정해졌다. 이젠 남은 문제는 하나로 좁혀진다. 바로 '어떻게 하면 잘 쓸 수 있을까' 하는 것이다.

논술시험과 글쓰기는 관련 있는가?

자기소개서를 잘 쓰게 해주는 학원은 없다. 논술학원도 그런 방법을 가르쳐주지 않는다. 논술학원에서 무엇을 하는가? 책 읽고 토론하고 가끔 글쓰기를 한다. 하지만 그 글쓰기는 진실 되지 않다.

중학교 국어선생님 중에 논술학원에 다니지 말라고 하는 선생님이 있다. 왜 그러냐고 물으니 아이들이 모두 똑같은 내용의 글을 쓴다는 것이다. 난 이것이 아주 나쁘지만은 않다고 생각한다. 어쨌든, 똑같이 쓰던 다르게 쓰던 글을 쓰지 않는가. 분명 연습해보면 글쓰기에 도움이 된다. 특히 자기소개서 쓸 때는 도움이 될 수 있다. 그런데 논술시험에도 도움이 될까?

대기업을 다니다가 작가로 활동하고 있는 사람을 한 명 알고 있다. 그 사람은 많은 책을 썼다. 무슨 빈대떡 부치는 아줌마처럼 뚝딱 하면, 책이 한 권 나온다. 그 사람이 쓴 책을 보기 전에는 이런 천재적인 재능을 가진 사람이 있느냐고 감탄했다. 물론 책을 보기 전에 한 판단이다.

그 사람은 '작가가 글을 꼭 잘 쓸 필요는 없다'라고 이야기한다. 엥? 이건 또 무슨 황당한 소리인가. 작가가 글을 잘 쓰지 않아도 되면 누가 잘 써야 하지. 사람은 자신의 경험을 일반화한다. 그분은 책을 많이 쓰는 능력을 갖추고 있다. 그리고 그 책으로 돈을 번다. '박리다매(薄利多賣)'라고 했던가. 싼 물건을 많이 파는 느낌이다.

책을 파는 데 관심이 있다 보니 내용은 자극적이다. 제목은 더 매혹적이다. 그런데 그게 전부다. 만약 내가 서평을 작성한다면 이렇게 말하겠다.

"읽지 마시오. 아무리 시간을 낭비하고 싶어도 이 책은 아니오."

논술시험에 관한 책 중 글쓰기하고 논술시험이 관련 없다고 하는 사람도 있다. 미친 거다. 자기가 잘못하는 일을 꼭 필요 없는 일로 만들 필요가 있는가. 영어 못하는 학생은 영어를 인생에서 절대 배울 필요가 없는 언어로 만든다. 똑같다.

논술학원 강의를 들어보면, 처음에는 이해가 잘 간다. 시험지만 받으면 잘 쓸 수 있겠다는 용기도 생긴다. 하지만 막상 시험지를 앞에 두고 "초면에 반갑습니다."라고 인사를 하면, 그 순간부터 어색하다. 왠지 논술시험과는 내가 잘 맞지 않는다는 느낌이 발가락 끝에서부터 올라온다. 무엇이 문제일까?

지금의 논술 강의는 문제를 분석해준다. 이 문제의 핵심이 이것이니 이를 잘 파악하고 시험지에 표출하라고 한다. 그런데 진짜 문제는 그렇게 배운 지식은 깊지가 않다. 습자지이다. 문제가 조금만 바뀌어도 나는 아무것도 공부하지 않은 것과 같게 된다.

그들은 축구를 잘하는 법을 이렇게 이야기한다.

"메시의 드리블로 수비수를 돌파하고 호나우두의 슛으로 골을 넣으면 된다. 참 쉽죠?"

"저기 선생님, 근데 메시의 드리블은 어떻게 하죠?"

선생님은 다시 강조한다.

"저기, 학생. 중요한 건 메시의 드리블로 돌파하는 거라고."

물론 기존의 논술 강의처럼 문제를 분석하는 능력을 키워 주는 강의가 필요하다. 부정할 수 없다. 하지만 그런 강의만으로 충분치 않다.

현재 논술시험의 채점 기준은 창의력(30퍼센트), 이해 분석력(30퍼센트), 논증력(30퍼센트), 표현력(10퍼센트)이다. 표현력을 제외하고는 모두 기존의 강의가 충분히 도움을 주는 듯하다. 그렇다면 질문 하나를 하겠다. 논술시험에서 창의력은 무엇으로 나타내는가? 자신의 이해 분석력은 무엇으로 나타낼 것인가? 논증력은? 당연하다. 모두 글로 써야 한다. 중간고사를 볼 때, 시험시에 모두 정답을 적어놓고 답지인 OMR카드에 적지 않는다면 몇 점을 받겠는가.

논술시험도 같다. 자신이 머리에 정답을 알고 있더라도 표현하지 않으면 빵점이다. 빈센트 반 고흐(Vincent van Gogh)가 사물이 내뿜는 에너지를 보았지만 그것을 그림으로 표현하지 못했다면 그는 우리의 기억에 남아 있지 못했을 것이다.

글쓰기에 집중하라

사람의 능력이 많이 다를까? 혹시 천재를 본 적이 있는가. 난 없다. 물론 누가 천재라고 듣기는 엄청나게 들었다. 명성은 원래 부풀려지기 마련이다.

인간의 '부러움'이 어떻게 변하는지 아는가? 하나는 찬양으로 변한다. 그리고 다른 하나는 질투로 변한다. 부러움이 질투로 변했을 때 우리는 그 대상의 능력에 관하여 듣지 못한다. 부러움이 질투로 바뀌면 콤플렉스가 되고 그 콤플렉스는 마음속에 숨게 된다.

하지만 찬양으로 변했을 때 우리는 그 사람의 능력을 들을 수 있다. 그리고 그냥 듣게 될까? 아니다. 인간은 자신의 의견을 존중받고 싶어 한다. 자신의 판단이 틀렸다는 것은 자신의 존재가 틀렸다는 의미로 받아들인다. 그래서 과장되고 가공된 상태로 듣게 된다. 내 의견을 정당화하기 위해서.

우리나라만큼 천재가 많은 나라가 있을까. 굳이 본인이 천재가 아니라고 해도 겸손으로 받아들인다. 이런 분위기는 내가 넘지 못할 능력을 가진 사람이 많다고 생각하게 된다. 그런데 왜 한국은 학문적으로 뒤떨어져 있을까? 일본도 쉽게 타는 것처럼 보이는 노벨상을 우리는 왜 못 타고 있을까? 왜 논문의 표절 문제는 매번 반복되는가?

주변을 냉정하게 바라보자. 누군가의 능력을 과대평가하지 말지. 반대로, 자신을 과소평가하지 말자. 사람은 비슷하다. 자기소개서나 논술시험을 볼 때 무언가 주변을 압도할 수 있는 내용이 있을 것이라 생각하기 쉽다. 하지만 읽어보면 느끼는 점은 하나다.

"다들 비슷하군."

자기소개서에서 중요한 것은 얼마나 자신을 잘 소개하느냐는 것이다. 내가 가진 남들과 비슷한 능력, 하지만 조금 다른 능력을 어떻게 표현하는지가 문제이다. 아무리 특별한 경험을 갖고 있어도 그 경험으로 얻은 것이 별거 없으면 그 사람은 별 볼 일 없는 사람이다. 아프리카까지 가서 봉사활동을 하고 왔지만 느낀 점이 '안타깝다'이면, 왜 갔는가? 차라리 거리에서 나물 파는 할머니를 보고 '노령화와 더불어 나타나는 복지의 사각지대'를 본 학생이 더 눈에 띈다.

논술도 마찬가지다. 다들 비슷한 생각을 한다. 정말 '누가 더 잘 표현하는가?'이다. 논술은 글쓰기가 아니라고 말하는 강사는 거짓말쟁이이다. 축구는 전술만 중요하고 공을 다루는 법은 중요치 않다고 말하는 것과 같다.

글쓰기의 시작은 관찰이다. 세상을 관찰해야 쓸 수 있다. 이는 자신이 머리로만 알고 있는 지식을 완전히 자신의 것으로 만들어 준다. 무언가를 잘 모르는 학생들이 하는 말 중에 대표적인 말이 있다.

"알긴 아는데 설명을 못 하겠어요."

미안하지만, 그건 알고 있는 게 아니다. 설명도 못 하는 지식이 무슨 소용이란 말인가.

자신이 알고 있는지 모르고 있는지 확실히 아는 방법은 글로 써봐야 한다. 괜히 논술시험으로 좋은 학생을 뽑으려는 게 아니다. 자신의 자기소개서가 마음에 안 들고 자신의 논술 답안지에 만족스럽지 않다면, 그건 당신의 글쓰기가 형편없어서이다. 집중해라. 자기소개서와 논술은 글쓰기다.

시작이 반이다
─논술을 위한 팁

왜 시작이 반일까?

이해할 수 없었다. '시작이 반이다'라는 속담이. '시작은 시작이지 어떻게 시작하자마자 반을 했다고 하지?' 게다가 무언가를 시도하는 일에 크게 어려움을 느끼지 않았으니. '참 별난 속담이 다 있네.'라고 생각했다.

고등학교를 졸업할 즈음에 논술시험을 준비해야 했다. 나름대로 자신이 있었다. 왠지 정답이 없다는 이야기에 해볼 만하다는 생각도 들었다. 하지만 어찌 그런가? 세상에 생각대로 되는 일은 그리 많지 않았다.

　답안지를 다 채우고 나면 드는 생각은 '마음에 안 든다.'였다. 항상 내 글이 마음에 안 들었다. 왠지 하고 싶은 이야기를 다 하지 못한 것도 같고, 명확하게 쓰지도 못한 것 같았다. '재능을 살리지 못하는 불운한 천재가 바로 나란 말인가?'라는 위안으로 스스로를 달랬다.

"시작은 미약하나 그 끝은 창대하리라!"

　이는 성경에 나온 문구다. 내 글도 그랬을까? 아마 반대였던 거 같다. 시작은 항상 창대했지만 그 끝은 미약했다. 왜 그렇게 마무리가 어렵던지. 뒷부분으로 갈수록 힘이 들었다. 무엇이 문제였을까? 내 창대한 시작은 도대체 어디로 갔단 말인가?

　사실 시작이 창대한 이유가 있었다. 그냥 처음부터 멋있게 쓰고 싶었다. 당시 내 눈에는 어려운 말로 시작하는 글이 유식해 보였다. 그래서 항상 이런 식이었다. "21세기는 어쩌고저쩌고", "현대사회는 어쩌고저쩌고"

　이런 지루한 말로 시작해서 그런가. 글 자체가 지루했다. 스스로 쓰면서 지루함을 느낄 정도이니 읽는 사람은 오죽했겠는가. 그때는 몰랐다. 무엇이 문제인지. 막연히 논술은 나하고 적성이 안 맞는 줄 알았다.

그러다가 깨달았다. 어쩌면 글쓰기는 100미터 달리기와 비슷하다고 생각했다. 100미터 달리기는 어떤가? 터질 것 같은 근육을 가진 선수들이 숨 한번 안 쉬고 뛴다. 한 번 뒤처지면 그 순위를 뒤집기도 쉽지 않다. 단거리 달리기 선수들이 괜히 출발에 최선을 다하는 게 아니었다. 글쓰기가 그랬다. 한 번 잘못 쓰면 그것을 뒤집기가 힘들었다. 최악의 서론이 최고의 글이 되는 경우는 없었다.

'시작이 반이다'라는 속담은 그렇게 다가왔다. 출발이 '반'을 차지한다는 의미. 시작을 대충 하면 이미 역전할 기회를 잃어버리게 되었다. 100미터 달리기 선수처럼 출발에 최선을 다하지 않으면 그걸로 시합은 끝난다.

반대로 생각하면 이 말은 함부로 출발하면 안 된다는 의미가 되기도 한다. 글을 쓸 때 우선 시작부터 해보자는 마음이 있다. 답답한 마음에 서론부터 쓰고 본다. 하지만 '시작이 반이다.' 반을 대충 하면 그 뒤는 보나마나다.

서론에 최선을 다하자

논리가 흐린 글에는 특징이 있다. 서론 부분에서 이 사람이 무엇을 말할지 예측할 수 없다.

100미터 달리기를 보자. 선수들은 느린 출발을 중반 이후의 가속으로 극복하기도 한다. 하지만 일반인들은 어떤가? 100미터 달리기 완주 자체가 불가능한 경우도 있다. 출발이 잘못되면 결승선을 통과하지도 못하고 힘이 빠져서 스스로 포기하기도 한다.

서론에서 '21세기'부터 시작하거나 '현대사회의 문제점'부터 제시하면 힘이 빠진다. 최소한 달걀을 구하려면 양계장부터 들어가야 한다. 달걀 구하는 방법을 얘기하는데 대한민국 입국심사부터 이야기하거나 충청도부터 가야 한다고 얘기하면 어쩌란 말인가. 바로 내 글이 그랬다.

서론에서 본론에 할 말을 암시해주는 것이 좋다. 앞에서도 하고 싶은 말은 먼저 해야 좋다고 했다. 서론과 본론이 자연스럽게 연결되어야지 글에 힘이 생긴다. 그리고 무엇보다도 논리의 흔들림을 방지할 수 있다. 연결고리가 많아지면 힘은 빠진다. 단순함이 때로는 가장 최선일 수 있다.

자신 없을 때는 기다리자. 글은 무작정 시작한다고 끝이 나지 않는다. 서론부터 빨리 쓰자고 덤비면 서론만 빨리 쓴다. '천 리 길도 한 걸음부터'이지만 그 한 걸음이 확실해야지 천 리를 갈 수 있다.

착한 사람이 되려고 하지 말라

혹시 '착한 사람 콤플렉스'라고 들어보았는가? 모두에게 미움을 받지 않기 위해 착한 사람이 되려고 노력하는 마음 상태를 뜻한다. 글에서도 그런 마음들이 많이 보인다. 한쪽 편을 들면 다른 편에 있는 사람이 속상할까 봐 걱정한다. 그래서 이쪽저쪽 조금씩 마음 아프지 않게 하려고 다리를 걸치고 있다. 그런데 결과는 생각과는 다르게 나타난다. 둘 다 마음 아프지 않게 하려고 했다고 모두에게 미움을 산다. '어라! 내가 뭘 잘못했지?'

잘못했다. 사람을 영혼 없이 대하면 누가 좋아하겠는가. 착한 사람이 되는 순간 당신은 어느 쪽도 진심으로 공감하지 않는 사람이 된다. 다른 의견을 공감하기보다는 나만 피해를 보지 않기 위해 행동한 것이다. 누가 좋아하겠는가? 글도 마찬가지다. 이쪽저쪽 왔다 갔다 하는데 믿을 수 있겠는가. 한쪽을 선택해야 한다.

다음 글을 보고 비교해보자.

사회가 복잡해지면서 범죄는 지능화 고도화되어간다. 이에 대한 대책으로 사형제가 존재한다. 세계 각국은 사형제를 유지하는 나라부터 폐지한 나라까지 다양하다. 현재 우리나라는 사형제를 존치시키고 있지만 집행은 안 하는 나라이다. 하지만 여전히 흉악 범죄는 줄어들고 있지 않다. 이에 대해 많은 찬반 대립이 있다…….

사형제의 논술 문제를 푼 학생의 서론 부분이다. 위 서론을 쓴 학생은 그 뒤에 사형제의 찬성과 반대의 논거를 설명해주고 자신의 견해를 밝힌다. 평가하자면 무난하다.

물론 엄격히 말하자면 좋은 서론은 아니다. 하지만 다른 학생들도 이 정도이거나 혹은 이보다 못한 학생도 많으니 '보통'의 점수를 주고 싶다.

그럼 어떻게 해야지 좋은 점수를 맞을까? 정답은 하나를 선택하는 것이다.

대부분의 논술 문제는 대립점이 있다. 양자택일을 해야 한다. 그런데 학생들은 그것을 힘들어한다. 한쪽을 선택하면 다른 쪽이 상처받을까 봐 걱정되나? 그럴 일 없다.

찬성과 반대의 문제라면 하나를 선택해야 한다. 절충이 제일 나쁘다. 사람들은 절충 의견을 선택하면 찬성과 반대 의견을 모두 수용한 현명한 사람이 되는 줄 안다. 잘못 알고 있는 사실이다.

정치판을 한 번 보자. 정치에는 진보와 보수가 있다. 정치에 무관심한 사람들은 자신이 어느 이념에 속하는 것을 반가워하지 않는다. 그래서 찾는 게 중도다. 왠지 진보와 보수의 목소리를 다 들을 수 있는 포용력 있는 사람이 되고 싶다. 하지만 현실에서 중도를 택한 사람의 느낌은 무엇인지 아나? 무관심이다.

각자의 입장에는 확실한 철학이 있다. 바로 논리가 있다. 그런데 중도는 양쪽의 철학적 근거를 가져오지 않는다. 양쪽이 이야기하는 결론만 가져와서 하나의 생각을 만든다. 그러다 보니 양쪽으로부터 비판받는다. 생각도 없어 보인다.

칼럼니스트가 글을 쓸 때는 확실한 입장을 정리하고 쓴다. '이것도 좋고 저것도 좋다'는 둘 다 좋다가 아니라 '생각이 없다'라는 뜻이 된다.

다음의 서론을 보자.

> **예 2** '인간이 인간을 판단할 수 있을까' 이 간단한 물음에 대한 답은 부정이다. 인간은 존엄하다고 배웠다. 그렇다면 범죄자는 범죄를 저지르면서 존엄성이 사라지는가? 범죄 후에는 인간이지 않는가? 인간이 인간을 죽이는 것은 어떠한 이유로도 타당할 수 없다…….

서론이 강렬하다. 앞에 서론과 비교하면 그 차이는 더 크다. 가장 큰 차이는 무엇일까? 첫 번째 서론은 평범하고 색깔이 없다. 하지만 두 번째는 분명하다. 인간이 인간을 판단할 수 없기 때문에 사형제를 찬성할 수 없다고 한다.

이런 서론을 읽는 사람의 궁금증은 하나로 모인다. '왜 이 사람은 사형제를 반대할까?' 만약 읽는 사람도 마찬가지로 사형제에 반대한 다면 자신의 논거와 비교해보게 된다.

'선택과 집중'이라는 말이 있다. 한 번에 여러 가지를 할 수 없을 때에는 한 가지를 선택하고 집중하라는 뜻이다. 무언가 선택해야만 하는 상황에서 두 가지를 다 잘하고 싶어서 혹은 둘 다를 다 갖고 싶어서 망설일 때 제격인 말이다.

글도 마찬가지다. 글은 하나의 논리와 색깔이 있어야 한다. 하나만 선택하자. 그리고 끝까지 밀어붙이자.

자기소개서 어떻게 쓰지?
—자소서를 위한 팁

가짜가 판치는 세상

"눈감으면 코 베어 가는 곳이 서울이야."

시골 사람들이 서울을 가리키며 하던 말이다. 서울과 지방의 격차가 심해서 시골 사람들에게 서울은 정신을 똑바로 차리지 않으면 사기당하는 곳이었다. 사람이 많으니 부자들도 많았고 부자들이 많으니 사기꾼도 많았다.

자기소개서를 써야 하는 계절이 되면 흡사 시골 사람들이 생각한 '서울'이 떠오른다. 써야 할 사람도 많고 잘 쓰고 싶은 사람도 많다.

그러다 보니 그런 사람들을 이용하여 돈을 벌려는 사람도 많다. 서로 내가 잘 쓴다고 하기도 하고, 자기 말대로 하면 잘 쓸 수 있다고도 한다. 왠지 사기꾼만 넘쳐나는 듯하다.

동쪽에서 부는 바람에도 흔들리고 서쪽에서 부는 바람에도 흔들리고. 그 마음 누가 모르겠는가. 자기소개서를 써야 하는 입장이 죄인이다. 하지만 갈대가 되지 말자. 정보를 수집한다는 목적으로 이 사람 저 사람 말에 흔들리면 정작 내가 가야 할 길을 가지 못한다. 내가 가야 할 길은 자기소개서를 쓰는 것이다. 정보를 수집하는 게 아니다. 기억하자.

하나에 집중하자. 내가 지금 무엇을 하고 있는지. 이런저런 정보 수집에만 열을 내면 주객이 전도된다. 내가 자기소개서를 써야 하는 사람인지 입시전문가인지 생각해 보자.

시간이 부족하다고 느낄수록 판단 능력이 흐려진다. 자기소개서를 써야 한다면 당신은 집중해야 한다. 자신의 일상에, 자신의 주변에, 그리고 자신의 생각에. 그 뒤에 써보자.

스토리텔링이 없으면 안 되나?

특목고 자기소개서와 취직을 위한 자기소개서를 위한 책은 모두 비숫하다. 그 비슷함의 대표적인 것이 스토리텔링이다. 그렇다면, 스토리텔링이 무엇인가? 쉽게 말해서, 이야기를 만들어서 말하는 거다. 자신이 겪은 일 혹은 자신이 가진 생각을 이야기 형식을 빌려서 전달하라는 뜻이다. 근데 왜 스토리텔링을 하라는 걸까?

이유는 간단하다. 읽는 사람에게 흥미를 불러일으키기 위해서다. 무작정 국가에 봉사하기 위해 육군사관학교에 지원했다고 하기보다는 아버지의 못다 이룬 군인의 꿈을 이루기 위해 지원했다고 말하는 것이 더 흥미롭다. 쉽게 말하면, 스토리텔링은 구체적으로 쓰라는 뜻이기도 하다.

하지만 이것이 어렵다. 내가 경험한 일을 구체적으로 설명하는 것은 글 쓰는 능력에 따라 확연히 다르다. 하나의 사물을 보고 하나를 느끼는 사람과 하나의 사물을 보고 열 가지를 느끼는 사람이 다르듯이.

게다가 자신이 가진 경험이 너무 평범하다면 관심 가는 이야기를 만들기는 더 어렵게 느껴진다. 그렇다면, 평범하면 좋은 글을 쓸 수 없을까?

유명한 소설가들이 항상 특이하고 별난 인생을 살지는 않았다. 어디서든 있을 법한 인생을 살았다. 다만, 그들은 자신의 인생에 대해 집중했다. 그리고 관찰했다. 글을 못 쓰는 이유는 자신의 경험에 그만큼 무관심하다는 뜻이다. 누구는 매일 먹는 밥상 앞에서 인생의 서글픔을 느끼지만 누구는 배부름만 느낀다.

자기소개서를 쓰는 사람의 대부분이 평범한 인생을 산다. 학교 다니고 밥 먹고 엄마랑 싸우고. 하지만 누가 그런 평범함에서 자신의 꿈을 찾기 위해 애썼는지가 차이를 만든다.

스토리텔링을 하라는 뜻은 자기소개서를 구체적으로 이해하기 쉽게 쓰라는 뜻이다. 근데 그것을 어떻게 해야 하는가? 글쓰기에 집중해야 한다. 똑같은 것을 보아도 그것을 전달하는 사람마다 차이가 있다. 그 차이가 사람의 능력이다.

학생부종합전형에서 그 능력은 중요하다. 태평양을 건너려면 명확한 목적지와 용기도 필요하지만 가장 중요한 건 좋은 배를 만드는 것이다. 자기소개서를 쓸 때도 마찬가지이다. 무엇을 써야 하는 것도 중요하고 어떻게 쓰는 것도 중요하지만 가장 중요한 점은 내가 그렇게 쓸 수 있느냐다.

인생을 어떻게 살고 싶은가?

자기소개서를 쓰는 순간은 몇 번 안 된다. 중학교에서 고등학교에 가기 위해 쓰기도 하고, 고등학교에서 대학교에 가기 위해서 쓰기도 한다. 또 대학교에서 취직하기 위해 쓰기도 한다. 매번 인생의 변화를 느끼는 순간이다.

과정이 중요한가, 결과가 중요한가? 결과가 좋으면 모든 것이 좋다. 맞다. 부정할 수 없다. 하지만 그게 전부는 아니다. 그 좋은 결과를 위해서는 반드시 그에 호응하는 과정이 있어야 한다.

사실 경쟁이 심해지면서 사람들은 수단과 방법을 가리지 않는다. 무조건 이겨야 한다고 생각한다. 이를 이해 못 하는 것은 아니다. 한 번 경쟁에서 밀리면 다시는 살아남지 못할 것 같은 느낌. 누가 모르겠는가. 하지만 한 번의 우연한 승리는 평생 가지 않는다.

과정이 승리의 이유가 되어야 한다. 우연이 승리의 이유가 되어서는 안 된다. 인생은 시간이라는 하나의 끈이다. 과정은 이번 승리의 이유가 될 수도 있지만 다음 승리의 이유가 될 수도 있다. 만약 과정은 충실했지만 좋은 결과를 얻지 못했다면, 분명 그 과정이 다음 결과를 좋게 할 것이다. 그러나 나쁜 과정에서 좋은 결과를 얻었다면 그다음에는 분명 나쁜 결과가 기다리고 있다.

자기소개서를 쓸 때 가장 필요한 것은 진실을 말할 수 있는 용기다. 어쩌면 자신을 좋게 말하고 싶은 것은 당연하다. 누가 별 볼 일 없는 사람으로 기억되고 싶겠는가. 그러나 속여서는 안 된다. 나를 과장하기 시작하면 끝도 없다. 글을 잔머리로 쓰게 된다. 잔머리로 쓴 글은 읽는 사람을 짜증나게 한다. 면접관에게 자신을 짜증나는 사람으로 기억하게 하고 싶은가?

숭실대에서 면접관이었던 분이 말한다.

"합격하는 학생들은 자기소개서를 읽어보았을 때 직접 만나보고 싶다는 생각이 듭니다. 하지만 대부분은 진실 되어 보이지 않더군요."

자기소개서는 쓰는 것만으로 끝나지 않는다. 자신이 면접관 앞에서 그 글에 책임을 져야 한다. 완벽한 거짓말이 있을까? 거짓말은 거짓말을 낳는다. 혼자 거짓말을 하는 것은 어렵지 않을 수 있다. 하지만 사람 앞에서 눈을 보면서, 게다가 의심을 갖고 있는 사람 앞에서 거짓말을 하기는 불가능하다.

인생을 거짓으로 살지 말자. 누가 거짓말하는 사람을 좋아하겠는가?

'노력'이란 단어를 쓰지 말자

자기소개서에 많이 보이는 단어 중 하나가 '노력'이다. 아무 생각 없이 자신이 열심히 했다는 의미로 사용하는 듯하다. 하지만 이 단어를 보면 많은 의문이 든다.

사람마다 할 수 있는 노력의 차이가 다르다. 누구에게는 엄청난 노력이 누구에게는 그렇지 않을 수 있다. 열 시간 이상 공부한 사법고시 합격자에게 하루에 세 시간 공부한 공인중개사 합격자는 노력하지 않은 것처럼 보일 수 있다.

'그럼 내 노력은 무의미한 건가? 난 분명 힘들게 노력했는데 노력했다고 쓸 수 없는가?' 당연히 아니다. 자신이 무언가를 얻기 위해 노력했다면 그건 남들과 다른 점이 된다. 다만, 막연하게 노력했다고 쓰면 안 된다.

영어 공부를 잘하려고 노력했다고 쓰기보다는, 아침밥 먹기 전에 일어나서 30분씩 영어 단어를 외웠다고 쓰는 것이 구체적이다. 나아가 노력하면서 경험한 어려움을 나열하면 그 노력은 더더욱 값지게 된다. 어제 외운 영어 단어가 절반도 기억이 안 나서 시작 전에 어제의 단어를 다시 외우고 시작했다고 하면, 굳이 노력이란 단어를 쓸 필요가 없다.

핵심은 최대한 진실 되고 구체적으로 쓰는 것이다. 위의 예도 만약 자신이 진짜 저런 노력을 해보지 않았다면 쓸 수 없다. 괜히 자기소개서를 쓰고 면접을 봐서 학생을 선발하려고 하겠는가? 학원만 다녀서 성적이 좋은 학생보다는 앞으로의 잠재력을 갖고 있는 학생을 선발하고 싶어서다.

결과가 있으면 분명히 원인이 있다. 기존의 시험은 결과만 보여준다. 원인이 어떤지는 분명치가 않다. 그래서 자기소개서를 쓰게 한다. 저 학생이 갖고 있는 결과가 우연인지 노력인지 판단해보려고 하는 것이다.

비판적으로 책을 읽어라

독서활동은 자기소개서에 빠질 수 없는 부분이다. 비교과 영역에서도 봉사활동이나 출결보다 훨씬 중요하다. 특히 개인적 편차가 많다. '부처 눈에는 부처만 보이고 바보 눈에는 바보만 보인다.'라는 말처럼 자신의 능력에 따라 세상은 다르게 보인다.

사실 대부분은 책을 읽지 않는다. 현실적으로 책을 읽을 수 있는 환경이 아닌 것을 누구나 안다. 대부분의 시간을 학교에서 보내고 그 나머지 시간을 학원에서 보낸다. 그러다 보니 가장 거짓말을 많이 하는 부분이다. 불행 중 다행일까? 이게 나만의 문제만이 아니어서.

과학자들이 가장 궁금해 하는 것 중에는 '창조'의 순간이 있다. 도대체 인류는 어디서 왔는가? 빅뱅 전에는 무엇이 있었는가? 누군가 책에 관하여 말할 때도 궁금하다. 어떻게 이 책을 알게 되고 읽게 되었는지.

물론 대부분의 학생은 책을 선택한 이유를 대충 쓴다. 제목이 마음에 들었거나 누구의 추천을 받았거나 이다. 왠지 이런 이야기를 듣고 있으면 '거짓말이 시작되는가?' 하고 의심하게 된다.

현실적으로 책을 읽기 어려운 환경이면 그 책을 선정한 배경을 구체적으로 쓸 필요가 있다. 그런 말이 있다. '책을 읽지 않는 사람은 읽을 책이 없고, 책을 읽는 사람은 읽을 책이 너무 많다.' 무슨 뜻이겠는가? 사람이 아무것도 모르면 궁금해 하지 않는다. 하지만 무언가를 공부하기 시작하면 궁금증은 폭발하게 된다.

책도 마찬가지다. 하나의 책도 완벽히 한 개인의 생각만으로 완성되지 않는다. 참고도서가 있다. 책 한 권을 흥미롭게 읽었다면 그 저자의 다른 책이나 그 책에서 나온 다른 책을 읽어보고 싶어진다. 그러니 생뚱맞게 책을 읽었다고 하면 '누가 시켜서 읽어본 것 아닌가?' 하는 생각이 든다. 책이 책을 읽게 했다고 말해야 좋은 이유가 된다.

책을 선정했으면 그다음에는 그것에 관하여 이야기를 해야 한다. 무엇에 관하여 평가할 때, 가장 나쁜 것이 추종하기이다. 저자의 명성에 압도당하여 칭찬 일색인 평가. 이는 최악이다.

아무리 뛰어난 작가도 신은 아니다. 실수가 있다. 그의 주장에 반대하는 사람도 있다. 좋은 점을 쓸 때는 반드시 냉정하게 분석해야 한다. 영혼 없는 칭찬이 상처를 주듯이 비판 없는 추종은 거짓이 된다.

책으로 인생을 바꾸려고 하지 말자. 아무리 좋은 책도 사람의 인생을 바꾸는데 완벽할 수 없다. 자기소개서를 읽다 보면 한 권의 책이 자신의 생각을 완벽하게 바꾼 듯 말하는 경우가 있다. 그건 거짓말이다.

책의 한계가 무엇이겠는가? 간접경험이다. 인간이 가장 신뢰하는 지식은 직접경험으로 얻는다. 간접경험이 직접경험을 이길 수는 없다. 수많은 자기계발서가 나오는 이유는 한 권의 책으로 자기계발이 안 되고 있기 때문 아니겠는가. 그 한계를 인식하자. 그러면 한 권의 책이 자신의 인생을 완전히 바꾸었다고 말하기 힘들어진다.

논리에 충실해라

자기소개서를 읽다 보면 느끼는 점은 참 많다. 그 사람에 관한 정보도 얻고 특이한 경험을 했구나 하고 생각도 든다. 하지만 가장 크게 느껴지는 점은 그 사람의 논리성이다.

자기소개서는 글이다. 그러다 보니 논리력이 보인다. 글에서는 그 학교에 지원한 동기도 말하고 느낀 점도 말한다. 그런데 원인 없는 결과가 있는가? 이 모든 것에 어떤 이유가 있어야 한다. 그 이유가 얼마나 설득력이 있느냐에 따라 논리성의 평가도 달라진다.

물론 대부분의 경우 무언가를 좋아할 때 충분한 설명을 하지 않는다. 왜? 개인적 느낌은 아무 이유 없이 찾아와서인가? 만약 그렇다면 그건 자신의 경험에 집중하지 않았기 때문이다. 이유 없는 사랑이 있다고 믿지 말자. 어머니들의 자식에 대한 사랑이 이유 없음은 그 자식을 자신이 세상에 태어나게 했기 때문이다. 다 이유가 있다.

어떤 이유를 쓸지 집중해라. 항상 고민해라. 절대 남들이 좋다고 해서 무언가를 했다고 하지 말자. 만약 남들이 좋다고 해서 지원했다고 하면 스스로 다음 두 가지를 말하는 격이다. 하나는 '입학할 마음이 없거나' 이고, 다른 하나는 '생각이 없거나' 이다.